女性短经典
何向阳 主编

乡关处处

王安忆 著

江苏凤凰文艺出版社
JIANGSU PHOENIX LITERATURE AND ART PUBLISHING

图书在版编目（CIP）数据

乡关处处 / 王安忆著. -- 南京 : 江苏凤凰文艺出版社, 2024.8
ISBN 978-7-5594-8153-5

Ⅰ．①乡… Ⅱ．①王… Ⅲ．①中篇小说－小说集－中国－当代②短篇小说－小说集－中国－当代 Ⅳ．①I247.7

中国国家版本馆CIP数据核字(2024)第000032号

乡关处处

王安忆 著

出 版 人	张在健
策划统筹	孙 茜
责任编辑	李珊珊
特约编辑	王晓彤
装帧设计	昆 词
责任印制	杨 丹
出版发行	江苏凤凰文艺出版社
	南京市中央路165号，邮编：210009
网 址	http://www.jswenyi.com
印 刷	苏州市越洋印刷有限公司
开 本	880毫米×1230毫米 1/32
印 张	7.25
字 数	95千字
版 次	2024年8月第1版
印 次	2024年8月第1次印刷
书 号	ISBN 978-7-5594-8153-5
定 价	49.80元

江苏凤凰文艺版图书凡印刷、装订错误，可向出版社调换，联系电话 025-83280257

序言

我们为什么写作？

何向阳

我们为什么写作？这几乎是每位作家都要问到自己的问题。但是扪心自问之时，女性的回答可能独辟蹊径，也更加与众不同。

1947年7月3日，西蒙娜·德·波伏瓦在写给友人的信中言："生活中的一切我都想要。我想是女人，也想是男人，想有很多朋友，也想一人独处，想工作和写出很棒的书，也想旅行和享乐，想只为自己活着，又不想只为自己活着……你看，要得到我想要的一切,殊为不易。"①七十七年之后我读到这段文字,心生感慨,我想,也许写作可以做到,写作使得我们暂时抛开性别,在"既是……""也是……"的结构中打破界限,使得"想""也想"和"又不想"三者能够同时兼有而包容,从而避免波伏瓦所言的"疯狂",因为她紧接着下面一句就是:"要是做不到,我会气疯。"②

至于写作的状态,1976年5月在回答波尔特的关于写作与电影并行的创作问题时,玛格丽特·杜拉斯给出的言说似乎有些欲言又止:"只有当我停止写作,我才停止,是的,我才停止某种……呃……说到底,发生在我身上最重要的事情,也就是写作。但我最初写作的理由,我已经不知道是什么了。"③这一回答模棱两可,但它肯定了一件

---

① [法]西蒙娜·德·波伏瓦、[德]爱丽丝·施瓦泽:《波伏瓦访谈录》新版序言,刘风译,北京联合出版公司2024年3月版。
② [法]西蒙娜·德·波伏瓦、[德]爱丽丝·施瓦泽:《波伏瓦访谈录》新版序言,刘风译,北京联合出版公司2024年3月版。
③ [法]玛格丽特·杜拉斯、[法]米歇尔·波尔特:《在欲望之所写作:玛格丽特·杜拉斯访谈录》,黄荭译,南京大学出版社2024年7月版,第5页。

事:写作,"是发生在我身上最重要的事情"。杜拉斯曾专门有一部书名曰《写作》,这种生命的纠结,令我想起1985年由法国巴黎图书沙龙向世界各地作家提出的问题及其答复,在上海文化出版社选编的中译本《世界100位作家谈写作》中,作家们对"为什么写作"这一问题莫衷一是,答案五花八门:法国女作家玛格丽特·杜拉斯的回答是"对此我一无所知";而英国女作家、后获得诺贝尔文学奖的多丽丝·莱辛的答案是,"因为我是个写作的动物"。[1] 一晃,这场问答已是四十年前的事了。然而,问题似乎仍在我们心底,成为纠缠。

写作的动物。本能的表达。有些像杜拉斯书中转述的法国史学之父米什莱所谓的女巫?"因为孤寂,对今天的我们而言无法想象的孤寂,她们开始和树木、植物、野兽说话,也就是说开始进入,怎么说呢? 开始和大自然一起创造一种智慧,重

---

[1] 转引自何向阳:《我为什么写作》。见何向阳:《被选中的人》,花山文艺出版社2022年3月版,第8页。

新塑造这种智慧。如果您愿意的话,一种应该上溯到史前的智慧,重新和它建立联系。"①其实,杜拉斯于1976年5月的答波尔特问,关于居所中写作的主题,英国女作家弗吉尼亚·伍尔夫1928年写就的《一间自己的房间》已有类似答案。然而从1928年到1976年,四十八年过去,这个问题仍然能够在另一国度的女性写作者中产生共鸣,其意深远。

重新和它建立联系。没到终点。时间上也没有终点。事实是,距杜拉斯1976年之答问二十年后,1996年,苏珊·桑塔格在一篇题为《给博尔赫斯的一封信》的短文中,表达了她对写作的认识:"你说我们现在和曾经有过的一切都归功于文学。如果书籍消失了,历史就会化为乌有,人类也会随之灭亡。我确信你是正确的。书籍不仅仅是我们梦想和记忆的随意总括,它们也给我们提供了自

---

① [法]玛格丽特·杜拉斯、[法]米歇尔·波尔特:《在欲望之所写作:玛格丽特·杜拉斯访谈录》,黄荭译,南京大学出版社2024年7月版,第7—8页。

我超越的模型。有的人认为读书只是一种逃避,即从'现实'的日常生活逃到一个虚幻的世界、一个书籍的世界。书籍的意义远不止于此。它们是一种使人充分实现自我的方式。"①

一种充分实现自我的方式,是写作的意义所在。对于女性尤其如此。同时,一个作家写作,也是以梦想与记忆的方式,创生着人类及其历史。这是写作者的信仰,也是写作面对的最大现实。

但人类历史创生进程中,女性所起的作用往往并不常得到应有的重视。正如马克思在《致路·库格曼》中讲:"每个了解一点历史的人也都知道,没有妇女的酵素就不可能有伟大的社会变革。"②女性的进步是社会进步的尺度和镜子,女性更是创生人类及其历史的重要力量。这封信写于

---

① [美]乔纳森·科特、[美]苏珊·桑塔格:《苏珊·桑塔格访谈录:我创造了我自己》前言,栾志超译,广西师范大学出版社 2023 年 10 月版。
② [德]马克思:《致路德维希·库格曼》,见[德]马克思、[德]恩格斯:《马克思恩格斯全集》第三十二卷,人民出版社 1974 年 10 月版,第 571 页。

1868年12月12日的伦敦。可惜156年后的今天,这一思想仍然有待于人类全体的再度发现和更深认知。

《社会变革中的女性声音》①中,我曾表达这样一种观点,中国女性在20世纪经历了三次思想解放。1919年新文化运动,1949年新中国成立,1978年改革开放,每次解放都激发了作家的创造。活跃、敏感的女作家及其智慧、灵性的表达,已成为人类文化书写力量中更为强大的一部分。

今日中国,正经历着历史上前所未有的深刻变革,作为中国社会变革的见证者、人类文化进步的推动者、中国式现代化进程的记录者,中国女作家们对于时代变革与文化进步的书写所留下的精神档案,弥足珍贵。

"女性短经典"的集结,是中国女作家历经20世纪三次思想解放基础之上新的思考与收获。当

---

① 何向阳:《社会变革中的女性声音——"中国当代著名女作家大系"(小说卷)总序》。见何向阳:《似你所见》。中国书籍出版社2021年2月版,第39页。

然,每部书从不同侧面各自回答了"我们为什么写作"的问题,同时,它们在艺术和心灵层面带给读者的,也比此前中国历史上任何一个时期女性的写作成果都更富足和丰硕。

成为这一成果的亲证者与创造者,十分幸运。

期待着您的加入。

是为序。

2024 年 7 月 22 日　北京

(何向阳,诗人、作家、学者。出版有诗集《青衿》《锦瑟》《刹那》《如初》、散文集《思远道》《梦与马》《肩上是风》《被选中的人》、长篇散文《自巴颜喀拉》《镜中水未逝》《万古丹山》《澡雪春秋》、理论集《朝圣的故事或在路上》《夏娃备案》《立虹为记》《彼黍》《似你所见》、专著《人格论》等。作品译为英、意、俄、韩、西班牙文。获鲁迅文学奖、冯牧文学奖、庄重文文学奖、上海文学奖等。)

目录

雨，沙沙沙 001

剃度 023

发廊情话 053

姊妹行 087

乡关处处 141

文学创作的开始 207

雨，沙沙沙

天，淅淅沥沥地下起小雨。等末班车的人们，纷纷退到临街的屋檐下。一个穿扮入时的姑娘没动弹，从小巧的手提包里取出一把折叠伞撑起来。路灯照着伞上的孔雀羽毛花样，看起来，像一只开屏的孔雀。雯雯也没动弹，只是用白色的长围巾把头包了起来。这显得有点土气，上海时髦的女孩子，有的已经在鬈发上斜扣着绒线帽了。不过雯雯不在乎，泰然地站在"孔雀姑娘"身边，一点儿都不回避这鲜明的对比。一同从农村回上海的同学,都迅速地烫起头发,蹬上高跟鞋,见了雯雯就要说:"你太不爱漂亮了。"而雯雯就会立即反问:"谁说的?"她不承认。

远处亮起两盏黄色的车灯,公共汽车来了。躲雨的人走出了屋檐,候在马路边,"孔雀姑娘"也收起了"屏"。可雯雯却踌躇不决地退了两步,她似乎在犹豫,是否要上车。

汽车越来越近,车上的无线传话筒清楚地传来女售票员的报站声,那是一种浓浓的带着睡意的声音。人们急不可耐地向汽车迎去,又跟着还在缓缓行驶的车子走回来。其实车子很空,每个人都能上去。可在这深夜,想回家的心情变得十分急切。只有踏上了车子,回家才算有保证。雯雯不由自主也向车门跑了两步。一滴冰凉的雨点打在她脑门上,雯雯的脚步停住了。

"喂,上不上啊?"这声音显然是向雯雯嚷的,因为车站上只有她一个人了。雯雯醒悟过来,上前一步,提起脚刚要上车,又是一大滴雨水打在脑门上。这雨点很大,顺着她的鼻梁流了下来。是在下雨,和那晚的雨一样。雯雯收起脚往后退了。只听得"嗤——砰!"一声,车门关上开走了。"发痴!"是售票员不满的声音。在这寂静的雨夜,通过灵敏度极高的扬声器,就好像全世界都听见了,在雯雯心里引起了回声。

"发痴!我是发痴了?"雯雯问自己。一个人站在突然寂静了的马路上,想到要走七站路才能到家,而且夜要越来越深,雨会越来越大,雯雯不禁缩了下脖子。不过她又并不十分懊恼,她心里升起一个奇异的念头:也许他会出现在面前,披着雨衣,骑着自行车……他不是说:"只要你遇上难处,比如下雨,没车了,一定会有个人出现在你面前。"说完一蹬踏脚,自行车飞出去了。飞转的车轮钢条,在雨洗的马路上,映出两个耀眼的光圈。现在出现在面前的该是谁呢?除了他,雯雯想象不出别的形象。

雨点子很细很密,落在地上,响起轻轻的沙沙声。雯雯把围巾紧了紧,双手深深地插进外套口袋,沿着公共汽车开去的方向走着。两辆自行车从身后驶来,飞也似的驶去,一眨眼消失在蒙蒙的雨雾中。下着雨,人人都急着奔回去,可她——

"我是发痴了?"雯雯在心里又一次问自己,她放慢了脚步。可是又有什么办法补救呢?算了,走吧!反正末班车开跑了,确实没办法了。是啊,没办法了,和上次一样。上次怎么会"脱班"的?啊,想起来了,是老艾和她说话呢,一下子扯晚了。老艾是雯雯他们的车间主任,同时又是个慈祥的老阿姨。她喜欢雯雯,雯雯的妈妈又特别信任老艾。人家说老艾和雯雯有缘分。老艾给雯雯介绍了一个男朋友,姓严,是高考制度改革后入学的大学生。妈妈对雯雯说:"可以互相了解了解。"雯雯轻轻地说:"为什么要了解?"妈妈迟疑了一下说:"为了爱情。"雯雯更轻地说:"爱情不是这样的。"她总觉得这种有介绍人的恋爱有点滑稽,彼此做好起跑准备,只听见一声信号枪:接触——了解——结婚。唉,雯雯曾对爱情充满了多少美丽的幻想啊!哥哥说:"天边飞下一片白云,海上漂来一叶红帆,一位神奇的王子,向你伸出手——这就是你的爱情。"雯雯对着哥哥的挖苦,不承认也不否认,只是牵动一下嘴角。她不知道爱情究竟是白云,还是红帆。但她肯定爱情比这些更美、更好。无论是在海上,还是天边。她相信那总是确确实实地存在着,在等待她。爱情,在她心中是一幅透明的画,一首无声的歌。这是至高无上的美,无边无际的美,又是不可缺少的美。假如没有它,这美被风吹日晒得渐渐褪了色。可是,那也绝不是一声信号枪可以代替的。不是,啊,绝不!雯雯坚决地摇摇手。

哥哥又说了:"天边飞下一片白云,海上漂来一叶红帆……"不等雯雯牵动嘴唇,他就加快速度,提高嗓门接着往下说,"船只进港,在吴淞口要受检查,来历不明进不来上海港。王子没有户口就没有口粮布票白糖肥皂豆制品。现实点儿吧,雯雯!"这位七〇届海洋生物系大学生,学了一年专业,搞了四年"革命",农场劳动一年后,分配在中学教音乐——天晓得。现在,他常常发愁没有好海味来发挥他的烹调术,这也许是他过去的爱好和专业,留下来的残余之残余了。

听了这一席话,妈妈重重地说了三个字:"神经病!"而雯雯"扑哧"一声笑了。笑了,但笑得无可奈何而辛酸,好像是在笑自己的过去。那位小严同志,看来也是个自尊的人,他没有死皮赖脸地来缠雯雯,这也博得了雯雯的好感。她真的犹豫了,然而她在犹豫的阶段停留得太久了。整整三个月,还没给人一个准信。那天晚上交接班时,老艾拉住雯雯在更衣室里,说:"那孩子是我看着长大的。"等她把此人生平叙述完后,雯雯跑出厂门直奔车站,可末班车"嘟"的一声跑了。天又下起雨来……

和这会儿一样,开始是一滴一滴落在雯雯额头上,然后就细细绵绵地下个不停。那"沙沙沙"的声音,就像是有人悄声慢语地说话。

雯雯的额头湿了,滴下冰凉的一颗水珠。她伸出舌头接住水珠，继续向前走去。不知不觉，一个站头过去了。雯雯又问了自己一遍："我是发痴了？""不！"她很快就否定了。他说不定会来的，在人意想不到的时候，在人差不多绝望了的时候，就像那天——

那天，雯雯朝着开跑的汽车叫了声："等等！"随即就撒开腿追了。其实她很明白腿和汽车的速度悬殊，可她还是追了。这是她能做的唯一的努力，人总是不那么容易放弃希望。只要尚存一线希望，就要拼命地追啊追，尽管无望。一辆自行车赶过了她，但还被汽车抛远。而雯雯仍然追着，又叫了声"等等"。这声音在深夜听来，显得绝望而可怜。汽车越跑越远，而那辆自行车却转回了头。在空无一人的马路上，这声"等等"是满可以认为在招呼他的。自行车一直驶到雯雯身边，停下了。

"不不，我不是叫你。"雯雯摇摇手，眼睛望着慢慢消失的汽车尾灯，又下意识地抬头看看滴滴答答沉着脸的天。

"坐我的车也可以的。"骑车人说。他披着雨披，雨帽遮去了上半个脸，但能感觉出这是个小伙子。

"坐你的车?"雯雯眼睛发亮了，可只闪烁了一下，她立刻警觉起来，这会不会是无聊的纠缠？她摇了摇头，"不!"

"不要紧，交通警下班了。万一碰上，你看，我就这样，"他举起左手，"你赶快跳下车。"

他的误解和解释，雯雯倒喜欢，这使她放心了一点儿。可她还是摇摇头，头发梢上甩下几滴水珠子。雨下得不小，远远走七站路，确实是件要命的事。她不由回过头看了一眼自行车。

雨帽遮住他的眼睛，他没看见雯雯的犹豫不决，催促道："快上车吧，雨大了。"是的，雨越下越大了，"沙沙沙"的声音几乎变成了"哗哗哗"。

"你不上？那我走了。"那人淡然地，说着就跨上了车。

"啊，等等。"雯雯急了。他这一走，这空荡荡的马路上，就只有她一个人，冒着雨，走七站路。

她顾不上犹豫了，跑上去，果断地坐上了车后架。

他一蹬踏脚，车子冲出老远，雯雯身子一晃，伸手往前抓，但又赶紧缩回来抓车架。她忽然紧张起来，这是个什么人？他要把我带到哪儿去？哎呀，雯雯太冒失了，她不觉叫出声来："你往哪儿去？"

这声音委实太响，而且太突然，吓得他哆嗦了一下。他就放慢了速度说："顺着汽车的路线，错了？"

没错，可他也未免太机灵了，这更加危险。

"对吗？"他转过头问，雨帽滑到脑袋后头了。

雯雯点点头，不吭声了。她看见了他的眼睛，很大很明亮，清清澈澈，好像一眼能望见底，雯雯的紧张情绪松弛了一点儿，但她仍然不能放心这个陌生人，尽管他有一双城市的眼睛。眼睛？哼，雯雯自嘲地微微耸耸肩。眼睛能说明什么？曾经有过一双好眼睛，可是……雯雯不由得叹息了一声。

小伙子奋力踏着车子，顶风，又增加一个人的负担，看来有点吃力。他身体前倾，宽宽的肩膀一上一下。而雯雯坐在这宽肩膀后头，倒避雨了。雯雯抬起头，望着他的背影，脑子里老是缠绕着一个念头：他会不会有歹心？他完全可能拐进任何一条小路、小弄堂。马路上静悄悄，交通警下班了，可是他一直顺着亮晃晃的汽车路线骑着，没有一点儿要拐进小胡同，拐进黑暗中去的意思。已经骑过三个站牌了，在骑过一个街心花园时，他忽然松开车把，满头满脸抹下一把雨水，一甩，不偏不倚正好甩在雯雯脸上。雯雯紧闭眼睛低下了头，心里有点暗暗好笑自己的多疑。

"你家住在哪儿？"小伙子发问。

啊，开始了，雯雯明白了，接下去就该问姓名，然后做出一见如故的样儿说："认识认识吧！"哼！雯雯在心里冷笑了一声。这一套她见过，过去那个人，进攻的方式要抒情得多，他第一句话是："我好像见过你。"可后来呢！雯雯不无辛酸地合了合眼。

"你家在什么地方？该在哪儿停？"小伙子又问了。雯雯这才想起来这不是公共汽车，不是到站就停车的。但随便怎么也不能告诉他住址。她只说:"停在前面第三个站头上好了。"

小伙子不做声了。雨下得小了点儿,可却像扯不断的珠子。尽管有人家肩膀挡着,雯雯的外套仍然湿透了,头发直往下滴水。她干脆低下头闭起眼睛,任凭雨细细绵绵地侵袭。

"真好看!"小伙子轻轻地赞赏着。

什么好看?雯雯睁开眼睛,这是怎么啦?雨蒙蒙的天地变作橙黄色了,橙黄色的光渗透了人的心。雯雯感到一片温和的暖意,是不是在做梦?

"你看那路灯!"小伙子似乎听到雯雯心里的发问。啊,原来是路灯,这条马路上的路灯全是橙黄色的,"你喜欢吗?"

"谁能不喜欢呢?"雯雯真心地说。

"嗯,不喜欢的可多了,现在的人都爱钱。钱能买吃的,买穿的,多美啊!这灯光,摸不到,捞不着。可我就老是想,要是没有它,这马路会是什么样儿的呢?"说着他回头望了望雯雯。

"岂止是马路?"雯雯在心里说。这时她发现自行车停了下来,小伙子下了车。他快手快脚地解下雨披,没等雯雯明白过来,就将雨披抡出个扇形,披上了雯雯的肩。不知是小伙子看到落汤鸡似的雯雯冷得打战,还是这灯光的橙黄色使他温柔了。

"不要!不要!"雯雯抬手去扯雨披。只是这时的推辞中,已经没有戒备了,是真心感到过意不去。

"要的!要的!我身体棒,雨一落到身上,马上就烤干。你瞧,都在冒烟呢!"真的,他的脑袋腾起一缕热气,"你家离站头有多远?"

雯雯不假思索地告诉了他,几条马路,几弄几号几楼,统统告诉了他。在这么一个橙黄色的温存的世界里,一切戒备都是多余的。

"你看前边。"小伙子压低声音说,好像怕惊扰一个美好的梦似的。

前边,是一个蓝色的世界。那条马路上的路灯,全是天蓝色的。"我每天晚上走过这里,总是要放慢车速。你呢?"

"我都挤在汽车里,没有注意过。"雯雯老老实实地说,心里不觉有点遗憾。

"以后你就不会放过它了。"小伙子安慰雯雯。

车子骑得很慢,显出不胜依依。可是,这路毕竟只有一段,不一会儿就过去了。从这天蓝色中走出,忽然感到暗了许多,冷了许多。夜更深了,更静了,而那已经克服了的戒心和疑惧悄悄地上了心头。好在,前边就是雯雯的家了。车子缓缓地停稳了,雯雯下了车,跳进门廊,动手就解开雨披,交给了小伙子,说:"多亏了你,谢谢!"到了家,她心里踏实了,轻松了,不由也活泼起来。

小伙子系着雨披,尽管一身湿透,但仍然兴致勃勃:"谢什么?不碰上我,碰上别人也一样。"

"真的!"小伙子认真地说,"我在农村插队时,有一次骑车上公社领招工表。到了公社才知道,名额被别人顶了。气得我呀,回去时,从坝子上连人带车滚了下来,腿折了,不能动!十里八里也没个庄子,不见个人,我干脆闭上眼睛,随便吧!忽然,贴着地面的耳朵听见远远走来的脚步声。我想看看这人的模样,可眼睛睁不开。只感觉到他在我腿上放了一株草,一定是灵芝草。我一股劲就站起来了。"

"是个梦。"雯雯忍不住插嘴了,她听出了神。

"是个梦,不过这梦真灵。不一会儿,来了一伙割猪草的小孩,硬把我抬到了公社医院。"

"真的。只要你遇上难处,比如下雨,没车了,一定会有个人出现在你面前。"他说完,一蹬车子,头也不回地消失了。

……走过第二个站牌了,并没有人出现在面前。雯雯不由停下了脚步,朝四下望了望,她发现自己太傻气了,也许那小伙子只不过是随便说说,她怎么当真了。他的话固然挺动人,可是雯雯在十来年的生活中失去的信念,难道会被这陌生人的一席话唤回?谁又知道他这些话是真的还是编的。雯雯责备自己怎么又被这些话迷惑住,她早该觉悟了。当那白云红帆送来的人对她说"我们不合适"的时候,她就该醒悟了。

白云红帆送来的人啊！不知是从天边，还是海上来的。他站在满地的碎玻璃片上，阳光照在玻璃上，将五光十色折射到他身上……

那是"复课闹革命"的时候，雯雯背起久违的书包，高高兴兴来到学校。而学校刚结束了一夜的武斗，教学大楼上一扇扇没有玻璃的窗口，像失去了眼球的眼睛。雯雯拎着书包，踩着碎玻璃慢慢向校门走去。

这时，她看见了他。他没戴红袖章，也拎了个书包。他在等什么？是在等雯雯？不知道。当雯雯走过他身边时，他也转身随着雯雯一起走出了校门。他忽然说话了：

"我好像见过你。"

"一个学校嘛！"雯雯淡淡地说。

"不是在学校里见的。"他又说。

雯雯困惑了，停住了脚步。

"在什么地方呢？"他认真地想着。

雯雯困惑之极，却恍惚觉得是在别的什么地方见过。

"在梦里。"他嘴唇动了一下。不知确实说了，还是雯雯在想。反正，雯雯微笑了。

他们认识了，相爱了。他们不用语言来相互了解，他们用眼睛。那是双什么样的眼睛啊！真诚、深邃，包含着多多少少……透明的画，有了色彩；无声的歌，有了旋律。雯雯全身心地投入了这爱情，她是沉醉的，忘记一切的。忘记了自身的存在，忘记了时间的存在。可时间在走，一届届的中学生，莫名其妙地毕业了。他焦躁不安，当接到工矿通知后，又欣喜若狂。雯雯也高兴，是因为他不再焦愁。

很快就轮到雯雯分配了，一片红，全部插队。雯雯有点难过，因为要和他分开两地。坚贞的爱情本来能弥补不幸的，可是他却说："我们不合适。"这真是雯雯万万没想到的。爱情，就被一个户口问题、生计问题砸得粉碎。这未免太脆弱了。可却是千真万确、实实在在的，比那白云红帆都要确实得多。雯雯哭都来不及,就登上了北去的火车。心中那画呀、歌呀,全没了,只剩下一片荒漠。可是,不知什么时候起,这荒漠逐渐变成了沃土,是因为那场春雨的滋润吗?

自从那场春雨过后,雯雯晚上出门前,总先跑到阳台上往下看看;下中班回家,离这儿有十几步远时,也总停下往这边瞧瞧。生怕哪棵树影里、哪个拐角上,会闪出那人,一脸恳切钟情的样儿:"我们又见面了!"现在的人可狡猾了。他们付出,就是为了加倍地捞回。那双眼睛,看上去倒是十分磊落,可谁敢保证?

不过,那人并没有露面。十天,二十天,一个月,一直没有露面。雯雯慢慢地放松了戒备,可她还是常常从阳台上往下望。或许这成了习惯,然而,在这习惯中,还包含着一点,一点期待。为什么?不知道,或许就因为他不再露面。雯雯开始想起他们的分手,分手前的几句话……在她的思绪回溯中,那紧张和戒备,全都无影无踪。照耀始终的是那橙黄和天蓝的灯光。

……

透过乌蒙蒙的雨雾，雯雯看见了第四个站牌。雨停了，"沙沙沙"的窃语声悄然消失，屋檐上偶尔滑下一颗水珠溅在地上。雯雯轻轻地叹了口气，从头上放下围巾，然而心中又冉冉地升起了希望：也许他预料到今天这场雨不会下大，不会下久。也许是下一次，下一次，真正是下雨的时候，真正是碰上难处的时候……唉，连雯雯自己都不能解释。这希望，怎么会是这样不灭不绝的。这只是自己一个美丽的幻想，而她却是怎样地信任这个幻想啊！她把信任毫无保留地交给了他。

那个星期天，雯雯对难得上门的小严同志说："我有朋友了。"小严走了，不难过也不动气。这人倒实在，不虚假。只要不装，他们的分手本不会有难过或动气。他刚走，在厨房炒鱼片的哥哥就冲进房间，说："雯雯你疯了！你哪来的朋友？"

雯雯不耐烦地说："跟你说有了，就有了嘛！"

妈妈温和地劝雯雯："老艾对你们双方都了解。这样认识的朋友比较可靠。"

"我有了！"雯雯抬高了声音说。她又想起在那橙黄的灯光下，小伙子说："这灯光，摸不到，捞不着。"

"啊，我知道了。在那天边，在那海上……"

雯雯忽然发火了，怒气冲冲地打断了哥哥的话："我说你倒该回到海上去。你曾经做过多少海的梦，现在它们都到哪儿去了？哪儿去了？油锅里去了！"

哥哥被妹妹的抢白呛住了，张大着嘴说不出话来。他在毛绒衣外头系了条嫂嫂的花围裙，样子很可笑。可他只愣了一小会儿："这就是生活，生活！而你是青天白日做大梦！"他走到妹妹面前，伸手抱住雯雯的肩膀，恳切地说，"你不能为那朦胧缥缈的幻想耽误了生活，你已经付出过代价了。"

雯雯挣开哥哥的双手，转过身子，将脸贴在阳台的落地窗上，她的眼睛下意识地在阳台下的树影中寻找着。

……

几架自行车载着邓丽君软软的歌声和一阵笑话，从身后驶来。小伙子的车后架上各带了一位姑娘，也许是刚结束舞会。人去了好远，还留给寂静的马路一缕歌声："好花不常开，好景不常在……"

雯雯重重地摇摇头，湿漉漉的短辫子打在腮帮上。不知什么时候，细雨又悄无声息地下起来了。生活中是有很多乐趣，一定也包括着梦想的权利。雯雯别的都不要，只要它。尽管她为它痛苦过，可她还是要，执意地要。如果没有它，生活会是怎么样的……而她隐隐地但却始终地相信，梦会实现。就像前面那橙黄色的灯。看上去，朦朦胧胧、不可捉摸，就好像是很远很远的一个幻影。然而它确实存在着，闪着亮，发着光，把黑沉沉的夜，照成美丽的橙黄色，等人走过去，就投下长长的影子。假如没有它，世界会成什么样？假如没有那些对事业的追求，对爱情的梦想，对人与人友爱相帮的向往，生活又会成什么样？

雯雯在这柔和亲切的橙黄色中走着，她走走停停,停停走走,心里充满了期待。他会来吗?也许会,他说:"只要你遇上难处,比如下雨,没车了,一定会有个人出现在你面前。"

"你是谁?"雯雯在心里响亮地问道。

"我是我。"他微笑着。

"你是梦吗?"

"梦会实现的。"

前边那天蓝色的世界,真像披上了一层薄纱,显得十分纯洁而宁静。雯雯微笑着走进去了。

雨,绵绵密密地下着,发出"沙沙沙"的悄声慢语。雨水把路洗得又干净又亮堂,使得这个天蓝色和"沙沙沙"组成的世界明亮了。

剃度

这时候，是上午十点钟的太阳，这海底礁石的裂缝里有了比较充盈的光，白亮亮的。我的眼睛在这些狭长的、纵横交错的裂缝里穿行，这就是人们称作"街道"的地方。眼睛到了这里，就有些不够用，许多小东西吸引着目光，现代汉语称作"琳琅满目"的就是。这些小东西大都陈列在橱窗里，排列出各种花色，橱窗里亮着灯，就是那种"电"的原理制造出的微弱的光源，可微弱到底也架不住多啊！它那么千盏万盏，又连成了一片，再接着一块。点、线、平面、立方，就这么，汹涌澎湃的。电流在海底礁石间不息的沉闷的轰鸣声，不时穿插几声尖锐的啸音，它们灌满了耳朵，于是，这干涸海底便流行着一种耳疾，叫作"耳鸣"。其实这就是电流通过的声音。它们如此拥挤，湍急地输送着光源，为的只是照明那些小东西，让小东西夺人眼目。这些小东西究竟是什么呢？

主要是三大类，吃的，玩的，穿的。有多少吃的玩的穿的啊！倘若聚拢来，可填满一条沟壑。这就叫作"繁荣"，也是街道的特性之一。街道是这干涸海底的明清时代，以交易为特征。在繁忙的交易活动之下，还隐藏着这时代的另一个特征，就是力不从心。将我们不够用的眼睛腾出一点儿来，往脚底下看去，便会看见破碎的地砖，它们因承受不了那么多小东西的压力，已经破开了纹路。尤其是我的眼睛，能看见这些碎痕还在继续地往深处扩展，并且，地面上的，盛着那许多小东西的橱窗在微微摇晃。为了适应这种摇晃，设计者们干脆顺其势而行，有意识地将这些高楼设计成摇晃的，合上地底下破碎的运动的节拍，使它们在摇晃中获得稳固。稳固和摇晃其实是相对而成立，许多哲学到了这街道上，就变作了现实。因为这是一个成熟的文明世界。好，在我们的眼里，这一些干涸海底的礁石呈现出战栗的状态。由于战栗，空气，这干涸的海水，便不由地波动起来，是一种细碎的频率较密的波动。于是，又一种疾病流行开了，就是晕眩。人们坐着，甚至躺着，忽然一阵晕眩传来。不过不要紧，医生正在研究治疗晕眩，许多新科目由此产生。人类文明就是这样在推进。其实，真正的原因只有我知道，这只是一个事实：力不从心。

街道，这明清时代，在繁荣之下，渐渐虚空。明代还好些，清代，就是说，到了街道的末尾部分，亏空就更大了，当然也更繁荣了。街道的尾部，是繁荣的高潮，电流量比较前端更为巨大和汹涌，"耳鸣"已经成为公然的噪音，现代汉语形容为，"市声"。橱窗里的灯光大亮,亮到什么程度呢?亮到白昼变成了夜晚。这是一种明亮的白昼,所以形容为,"不夜城"。由于灯光的密集,它们形成了一层光的壳,遮住了日光。日光被挡在上面,无法穿透这层光的壳。这层光的壳是一种新的物种,本质上和"光"没有关系,只是借用"光"的名义。所以它和真正的"光"无法互相溶解,互相合作。这种光明是没有养料的,与阳光不同,它无法抚育植物和生物发育成长。不过,科学家们也在研究给这光明添加养料,有一批蔬菜和一批家禽正在灯光下出土和出壳。文明就是这样叠床架屋,要紧的是最底下的一块踏脚石,一旦踏上去就下不来了。

说过光了,再说光里面的小东西,这真是奇光异彩啊!别的不说,单挑一件,就是穿的。它占据了主要的位置,因为它具有人形,所以最为人所喜欢。有一种理论,所说的"异化",就是指它。它是多么绚丽啊!衣服,就是人的壳。它们一身身地挂在那里,真是美女如云。在这清代的街尾上,羽衣霓裳已成排山倒海之势,把人的眼都埋了起来。东西是这样,买东西的东西,现代汉语叫作"货币"的,也已成熟到轻捷,便利,可随身携带,也可不随身携带。现代社会正向街道输送进了取款机,还有刷卡机,以及各类卡,货币以记忆的方式储存在卡上。记忆也是由另一个新的物种代替,它同样是轻捷,便利,可随身携带,也可不随身携带。文明只要翻过了一个坎,就能突飞猛进。现代社会与清代的街道比邻而居,它们使用的能源是又一类别,叫作"信息",它们无声无息地在空中流通穿行,散播出不留踪迹的物质,改变了这干涸海水的质地。于是,那里的,刚刚学会呼吸干涸海水的居民,又面临着新的进化任务,他们需要学习新的呼吸方式。这是后话了,目前,它们只是输送进了新的货币,促使交易更迅速地完成。要知道,明清时代还是一个活跃外交的时代,使节们不远万里地来到这里,带来他们的珍奇的礼物。现在,交易完成的效率越来越高,现代汉语叫作"消费",消费是繁荣的保证。由于繁荣的程度高，这里的地砖破碎得也厉害，盛满小东西的高楼，人称"百货大楼"，压得它咯吱咯吱地叫。睡梦里的老鼠和白蚂蚁都是寄生于这种破碎运动的动物。它们在地底深处的破窟窿里筑巢，吃着破碎的残屑。地面上的破绽里，则流淌着人们脚底的灰尘，起着一球一球的干涸的旋涡。电流密集，由于错综交结，碰撞出肉眼可见的火花，还有爆响，潜伏下燃烧的危险。可人们被繁荣高兴坏了，对危险视而不见，兴高采烈地徜徉在街头。

我的眼睛跟随着人群，人群的衣袂飘舞着，连成了一片，街面上的碎纹细密而均匀，因为受力均衡，形成一种特别的图案，那就是美丽的景泰蓝。我在人群里追踪，追踪什么呢？我从后现代的社区走过，那是当百货公司都关上了门，橱窗里暗了灯，人群各自回到自己的零散在各朝各代的家中，那些蜂巢般的窗格子里也至少熄了一半的灯亮。于是，那光的壳便薄了一些，也脆了一些，这时候，太阳呢，已经过去了，夜幕朦胧地降临了。在隐约的犹疑的夜色中间，街道便改朝换代了，成了后现代的社会，我就是从那里走过。我听见那里正酝酿一个计划，对了，我走过的那条小马路，路名叫作"虚无主义"，就在路牌旁边那盏昏暗的灯光下，正窃窃地筹划着一个计划。那就是，他们要派遣一个使者，去到清代的街尾。

前面已经说过，现在是早十点钟的光景，后现代进入了休憩养息的间歇，它的鼻息声被电流声掩盖。市声里偶尔冒出的那种走调声，比如汽车急刹车，剧烈摩擦地面的声音，轮胎受热过度，突然爆炸的声音，还有小孩子唱大人歌的声音，再有仁义不在买卖在的谩骂声，就是后现代的鼻息。后现代是在别人的睡眠里活动，别人的活动里睡眠，这体现了它的颠覆的本性。明清时代拉开了又一个日程的帷幕，可这一日与上一日不同了，有一个异类潜进这个繁荣的时代，它将在这一个人家的时代里演绎出怎样的命运呢？这实在勾人悬念。这里的人真多啊！而且忙碌，怀着明确的实用的目的。他们的忙碌便有了果实，橱窗里的越来越多的小东西就是这些果实，消费刺激着它们旺盛地繁殖。和那条虚无主义的小马路形成鲜明的对照，那里的人也在忙碌，可因为没有目的，或者目的莫衷一是，这些忙碌的动静就成了一场无因无果的歌舞。那个派遣的计划就是从歌舞中诞生的。这个无因无果的使者，却要去一个因和果环环相接的时代，将发生什么样的事件呢？这真是叫人心里痒痒啊！它们派遣来的是谁？是男，还是女？

时间在我茫然的寻索中渐渐过去，它应该长成一个少年，或者少女。总之，就是在现代汉语中所形容的，"花季年龄"。可街道上壅塞的，全是"花季年龄"，他们是消费的主力军。橱窗里的小东西主要是吸引他们的。尤其当繁殖远远超过需要，这时代就是繁荣成这样，此时此刻，只有吸引花季年龄，才可使繁荣长盛不衰。因为他们正处在一个盲目消费的成长时期。这个时期，他们多少带有着一些虚无主义的特征，就是不讲原因结果。看起来，他们都有些像那个派遣来的使者。年龄是一样的,不实用是一样的。但我知道他们不是,因为他们彼此相像,太过一致。我相信我要找的是一个异数,它有着独树一帜的特质。这特质是什么呢?这就是我的寻索的唯一的线索。那就是,我不知道是什么。凭着我的余光,我知道它已经在了,但还没进入我的视野。我的余光略略有些变形,这意味着余光它接触到了一些异常的东西。在这街道的尾梢,用历史的概念来说,这是清代的中叶到末叶这一段,由于街面破碎得厉害,景泰蓝的花纹也更加繁复密集,现代汉语的形容就叫"精致"。并且烁烁有光,是灯光的粉尘落下来,嵌进了纹路。橱窗里的小东西堆积成塔,街道两边所有的墙壁都挖成了橱窗,还不够盛的,只得裸着放到了街面上,一摊一摊的。花季年龄的男女们壅塞其间。奇怪的是,这么多的小东西,这么多的花季年龄,却如出一辙,大同小异。要有变化也是说好了,一,二,三,一起变。或者是红的和绿的,市井语言叫作"红男绿女"。然后唰地，变成一色黑，市井语言叫作"梦幻黑色"。市井语言是专流行于街道的特殊的语言，它带有术语的意思，一旦走出街道，它便没有意义了。它还带有暗语的意思，走出这个区域，便没人能够听懂。它也是一种货币，走出消费，就无法流通。话说回头，先是宽的长的，拖泥带水，叫作"褴褛装"，然后，忽地短到肚脐以上，叫作"露脐装"。一个巨大的指令无声地左右着街道的市面，市井语言就叫作"时尚"。这时尚却为我的搜寻指明了方向，它告诉我，那个使者一定不在其中。

这些盲目消费的人群只是具有虚无的表面，本质上是不知所措、人云亦云，还是易受诱惑、物质主义。而我所追寻的那个却不是，它具有虚无主义的实质，那就是无功无用，它的外表是唯美主义。我的余光忽然变得旖旎，有一些莫名所以的光线和色彩在变幻、旋转，渐渐成形。那个使者就要来了，已经有了些声色。我的眼睛前面出现了一座华丽的厅堂，是商厦的大堂，有一具铺着红地毯的T字舞台。有音乐声。还有灯光。是从比邻的现代社会引进的声光设备。声和光的粉尘纷纷扬扬，某些特殊体质的人，生起一种呼吸道疾病和皮肤疾病，现代医学称作"尘螨过敏"。螨虫，是一种无形的昆虫，它只在现代科学仪器显微镜下现形。这是一种理论上的生物，用来解释那种新生的呼吸道和皮肤的疾病。文明经过了叠床架屋的进程，便进入到了空中楼阁，在一个假设的前提下步步推进。这些声和光也已经很不容易了，当人们适应了这种日光被电灯光隔离的，白昼里的黑夜，再适应了充耳的市声，这些声和光就可称得上"瑰丽"两个字了。这两者均有着穿透的能力，它们突出在那些日常的声色之上，在这个灯光和市声的笼罩下，又建设了一层笼罩。这是又一种不同的物质，组织更为粗粝，厚重，结实。人类要想达到自然的万分之一，百万分之一能量，都需消耗一万倍，一百万倍的物质，然后消化出一万倍，一百万倍的废料与垃圾。这就是理论的物质的形态。这就是理论的物质的体积、重量和质地。

电光和电声再在人工的夜晚里,造了一个人工的白昼。这就是哲学里的一个概念:否定之否定。从自然出发,然后背叛自然,再又回到自然,就是依这公式列出的题式。此公式中还有一个内容,就是第二次否定的状态虽然与事情的最初有着表面的相似,可事实上却起了本质的变化。将这一定义应用到以上的题式中,就是,当再度回到自然的时候,已不是原先的自然,而是,而是摹写的自然。这人工的白昼受了明清风气的濡染,也有着无数的小花头。它颜色很多,变化很多,奇出百怪,一会儿这样,一会儿那样,叫人目不暇接。声音呢,是叫人兴奋的,不是高兴,而是兴奋。高兴是指心情,兴奋则是感官的反应。这也是一种新的物质,它不是从"因"着手,而是直指那个"果"。你的身体一下子被激动起来,随时都可跳起来,跳到意想不到的高度。你不由分说地放开喉咙,大声唱了起来,管它好听不好听。人都变得不像自己了,自己不认得自己了。所以,这个经过两次否定而得来的白昼就有些变形,有些过火,有些走水,和它原来的摹本不怎么像了。可这不要紧,哲学里还有一个概念,就是人不会两次踏入同一条河流。

让我的眼睛继续寻索,它匍匐在 T 字舞台的红地毯上。红地毯是模拟草地,可模拟总要过火,绿色变成了红色。我的眼睛一寸寸地从红地毯上匍匐过去,那里有着一些足迹,其中就有那位使者的。它的足迹和其他足迹的区别就在于,它完全没有足迹。没有。这就是它,来自后现代的虚无主义的使者的足迹。在一双双的纤足之间,唯独没有它的,可它确实走了过去。我的眼睛就是有这样的功能,它能透过无形看见有形。在这个空场的时刻,它终于追寻到了它的目标。剩下的,只须等待了。于是,我的眼睛做了观众,在观众席里,等待演出开场。

灯光和乐声止了一止,再又继续。再又继续的时刻,光和声都更响亮和绚丽了一成。这也是根据相对的理论,设计出的小花招。然后,第一组模特儿出场了。她们走着轻捷的猫步。这又是摹写的果实，是第二次否定的果实。同样的过火的性质。说起来，文明也是个出尔反尔的家伙，它是对自然不满，于是对抗自然，企图制造人工的世界，可这世界却还是以自然为蓝图。明明是"尘"，偏偏要当作"螨虫"；明明是模特儿，偏要走猫步。尽管有这么多苦心经营的理论来做注解，依然无法解决它的自相矛盾。不过也难为模特儿她们了，这么高大的身材，却要走柔软灵巧的猫步，也还走得不错。难得的是这猫步还要与电声和电光结合得天衣无缝，她们也做到了。这个摹写的世界经过人为的努力，终还是和谐的，只是花老鼻子的智慧了。

不过，这一组里没有它，那个使者。它不是像她们这样具体可感的。她们的眉眼虽然描画成了面具，又走着统一的猫步，成了模特儿，但你可以想象她们脱下这些表演的时装，换上自己的衣服，走上街道，汇入时尚的潮流，就成了花季年龄中的一个。那些红男绿女、黑色梦幻、褴褛装、露脐装里的一个。而使者不是。我知道它不是什么，但不知道它是什么。这也足够了。所以，我的眼睛悠闲下来，反正剩下的只是等待，使者她不在这里还能在哪里？看，它的性别也有了，是个女的。是她，而不是他。

第二组模特儿里也没有她。第三组，第四组，首尾相接而上，又首尾相接而下。此时，T字舞台前的观众席已变得十分拥挤，人头攒动，熙熙攘攘。明清时代的人都是热闹人，有一颗看热闹的闲心。这是繁荣的基础和保证。到了清代中期更甚，简直是锦上添花，烈火烹油。人们争相传告，今天将有一位名模出场，这位名模名扬天下，可又是第一回听说。这就是隔壁现代传媒的功能，所谓"包装"。可谁能谙透这包装之后的隐秘的真相？那就是一位使者穿越时间隧道，走过历史街区，终于到达的这一个事实。我就知道，我知道，使者就要出场了。就好像在一霎之间，她的名字在人群中传扬开了，以抄本的形式。是这样一种抄本，现代印刷术在一霎之间复制出无穷无尽，飞飞扬扬发向路人，几乎每个街口都站有一名发送的人员。现代汉语叫作"广告"，清代则叫作"手抄本"流传。她就是从天而降的贾宝玉。

现在，她有了人间的姓名。T字舞台上变得十分空寂，模特儿们都退场了。旋转灯光空落落地画着圆圈，形成一个黑洞，音乐也空响着，落下很多音符的空壳，在黑洞里栽种了凋零的小花。人们的等待终于爆发了掌声和呐喊，名模贾宝玉终于来临了。在舞台的最深处，灯光的幽暗处，浮现出一点紫色的光斑。这点光斑渐渐近了，是她的脸。脸上的妆以紫色为主，粉底霜是浅紫，眼影、鼻影、眉和唇是较深的紫，头发则接近黑色，但发着紫光，直垂脚踝。她展示的服装是"银色系列"。系列中的第一套是一身铜片缝缀而成的长袍，铜片是模拟海洋中的贝类，因这海底已经干涸得太久，贝类已成为原始的灭绝的生物，人们只能凭借传说来模拟。在一代又一代的传说中，这件生物演变得很厉害，人们以一种逆向的方式来推理这类物种的形状。这种方式是怎样的呢？就是说，有史料证明，在文明的进程中，有了交易，接着产生了货币，是由什么作货币呢？贝类。好，这不就有了线索？人们虽然没见过贝类，可是见过货币呀！在这繁荣的清代，货币可是人人皆知，谁少得了啊！所以，铜钱便成了贝类的摹本。进行这种推理工作的人，被尊敬地称作"考古学家"。

贾宝玉烁烁地走到舞台前端，将两臂抬起。袖口是与裙裾连成一体的，一下子张开了，满是铜片——这干涸海底的贝类。人们可真是大饱眼福了。这形状且是模拟蝙蝠。蝙蝠是一种经过无数代杂交的旱地的生物，终于挨到了今天。是文明的物种。它们倒立在没有天光的地缝里，张着肉做的羽翼，抹杀了明和暗、天和地、飞禽和走兽的自然概念，以视听之外的超声波作感觉。它们也是一种理论上的生物，它们的肉眼可视的形状，只不过是进化不彻底的残骸。这时装的袖子迅速得到 T 字舞台前的观众认同，下一分钟时，已在街道上流行开来，直呼其名为"蝙蝠衫"。而这套时装的主题，裙袍上的贝类，虽然美丽，可实在太过昂贵，不是有一句现代成语叫作"曲高和寡"吗？能够普及的必是那些较为廉价、较为方便可行的特征，这是流行的要素。

经过一个漫长的幕间，"银色系列"的第二展出场了。这是一幅更加令人吃惊的图画。名模贾宝玉的长发染成了白色，卷曲着环绕着她的身躯，她的脸藏在了这些弯曲纠缠的白色线条丛中。在这些弯曲的头发中间，还加入了一些白色金属丝，延长和增密了头发的环绕。这套服装的题目叫作"龙"。龙也是绝迹的海底生物，只留下脍炙人口的名声。这名声主要流传于餐桌上，这就是"脍炙人口"的意思。有一道名菜叫作"龙虎斗"，是用蛇肉和猫肉炖在一锅，猫代表虎，蛇就代表龙。所以人们关于龙的想象便从蛇的上面伸发开去。这就是这套时装创意的源泉。这套时装在街道上流行为一种发式，每一根都用药水和电制成弯弯曲曲，称"粉丝头"。

"粉丝"这两个字虽然与"龙"的原意相去甚远,但出典都是食物,还是同一渊源的。而"粉丝"来自群众性的餐桌,这体现了流行的原则。与此同时,还流行开一种运动项目,叫作"呼啦圈"。最出色的表演者,可转动比人还高的一摞铁环,完全掩盖了身躯。"呼啦"这名字来自铁环转动的声音。

这就是贾宝玉所领导的时尚潮流。

在第二幕与第三幕的间歇里,让我的眼睛随她到幕后流连一下。

贾宝玉正坐在化妆桌前,面前是一面大镜子,映出她身后左右的一架架时装,那美人的空壳。贾宝玉从镜子里窥视它们,她的眼睛在抹着紫色睫毛液的睫毛下面,影影绰绰,写满了爱。她爱它们。它们,这些美人的空壳。她坐在镜子前憩息,由于它们的簇拥而深感满足。她点了一支细长的紫色的烟,看着烟头上燃起的紫烟,心里说:哪一天,你们没有了,我就化成这烟,随你们去。这时候,她脱去了服装。刚刚与她肌肤相亲过的那套服装此时躺在她的脚底,她接着要与下一套服装相亲,那也只是一时间为伴。她爱这些时装,绝不是为了穿它们。她的爱是纯粹的爱,没有一点儿物质的含义。现代汉语称这种爱为"意淫"。"意淫"就"意淫",这就是她的最爱。她脱去了"龙"的服装,穿了金箔的衬裙,镜前灯的光在衬裙上滑动。金箔是对蝉翼的仿制。蝉这种鸣秋的昆虫也退化得厉害,因为四季不再那么分明。每一种季节都模糊了性格,边缘也很不明显。然后就产生了模糊哲学、边缘科学来对这种消失做出解释。但再多的解释也无法阻止蝉的退化。蝉是一种有先知的昆虫,当天气最炎热,人们挥汗如雨的时候,它却已经预知秋天的来临,许多细致入微的征兆都为它所掌握,所以它就唱着:知了,知了。等它把秋天唱来,它也就走了,因为它的先知告诉它,严寒的冬天就在后面,它得去找个暖窝度过冬天。它的暖窝就是时间。时间是恒温的,它暗暗的,有一点儿微明的光,而且很安静。它有节律地运动着,正好合上睡眠的节拍,特别适合畏寒的生物过冬，又适合怕热的生物度夏。那里有着许多过冬或者度夏的昆虫、鸟兽，以及植物，分期分批地来到时间里，渡过它们的难关。蝉便是其中的一种。如今春夏秋冬那么不分明了，所有的先知也都不灵了，明明预见到秋天要来，结果还是夏天无尽的延长。于是许多生物乱了视听，它们的繁殖期就变得非常紊乱，或者丧失生殖力，或者产下一些怪胎。这些怪胎一律没有季节的概念。时间呢，冬眠和夏眠的生物不再按时归巢，它们零零落落地来，零零落落地去。于是，时间便也倒错了，出现回流或者超速。心理学家也对这现象进行了解释，称作"意识流"。

蝉翼在退化中破旧，缩小，粗糙，脆裂，透明度降低。它的真正的特质仅存在一些现代汉语的形容词里："蝉娟"，解释为"烟焰飞腾貌"；"蝉联"，解释是"连续相承"；还有"薄如蝉翼"。这些词汇透露出一点儿蝉翼的真相。根据这些模糊的遗踪，人类制造出了贾宝玉身上的这条金箔的衬裙。选择蝉翼作衬裙,是因为蝉是先知的昆虫。而时尚的精神就是先知,是预测,是超前。名模则是这精神的领袖。

前台的欢呼声和掌声传到了后台,可并不妨碍贾宝玉从容回顾她走过的路。她想她是怎么爱上些空皮囊的,并且爱无反悔。她只爱这些空皮囊,一旦这空皮囊被人穿上,她便再也不爱了。所以,她对街道上穿了时装的人群视而不见。在她眼里,那时装里的人都是木胎泥塑,时装也因此失去了贞洁。现在,她能听见身后左右的时装的呼吸,这是她最感幸福的时刻。有时候,她也会去想她的前世,想她究竟由什么降临而生,为什么她会有这样的爱情的命运。她是个宿命论者。她想过她的前世是一只名叫纺织娘的昆虫。她只是在书上见过这种昆虫的名字,事实上从来没见过它,这也是一种字面上的昆虫。她想,她前世就是只纺织娘,织出了无穷无尽的绫罗绸缎,于是今生制成了衣裳,爱她再由她来爱。她还想,她的前世是一根羽毛,今生织就羽衣霓裳，供她来爱。羽衣霓裳也是字面上的含义。总之，她的前世绝不是一个人，否则她怎么会和人那么疏离？关于前世的推测都是凭空想象，没有人能了解自己的前世，因人们都是摸黑走来，时间这隧道里只有一点儿微明的光，仅够照耀脚底下这点儿路。过来一步，过去的一步便隐入无知之中。只有我知道，因为我的特殊角度。她的前世其实是一个思想。

好了，前台的等待已经够了，她要上台了。她站起身，开始着装。这一幕是一套珠裙，玻璃珠子穿成的披风直垂脚跟。这是仿制海水，玻璃珠子是文明的水滴，这是有关水的一个词组，"水珠"，提供的考证。她叮叮铃铃地套上这套裙装，她的皮肤触及玻璃珠子的沁凉与圆润，幸福地战栗起来。她的睫毛上也串上了珠子，还有头发、指甲，嘴里含了一颗硕大的；脸颊上的一串，则为文明的泪珠。此时此刻，她穿上了服装，但并不以为是对它们的亵渎，那是因为舞台的缘故。

舞台是一种虚假的现实，所有真的东西到了那上面，就都成了假的。她也是这样，她一旦走上舞台，就成了假的，身上的衣服也是假的。就在这虚假的存在中，她和她的所爱肌肤相亲，两情相悦。她听着叮叮铃铃的私语，灯光照拂下五光十色的笑靥。

这套珠裙的普及是在替换原料的基础上实现的，那就是将玻璃珠子改换为塑料珠子。玻璃的原料是石头、沙子，这些自然的资源，已经被人类文明消耗得差不多了，玻璃珠子的总量就非常有限。而塑料却好办得多，它是原料使用过后，消化下来的垃圾做原料的。现在，有了这种珠裙的流行款式，街道上有了新时尚，垃圾也有了出路，真是一举两得。

音乐正进行到一段无声的章节，人们的欢呼也哑了嗓子，站痛了脚脖，纷纷走散。于是静了下来。然而，此时无声胜有声，连珠子都息了叮铃声。贾宝玉寂寂地在T字舞台上梭行，舞台在这一刻里达到了登峰造极的虚假。音乐是假，欢呼是假，观众是假。事情假到这个地步，就又变得真实起来。贾宝玉真切地感受到欢爱之情。他们亲昵着，戏谑着，嬉闹着。你挨着我，我挨着你。她略一回眸，睫毛上的珠子窸窸地一摇，她轻叹一声，颊上的珠子也是一摇。她慢举轻抬地走着猫步，一身的珠子摇摇曳曳。这真是天衣无缝啊！贾宝玉在T字舞台上来回一遭，这一遭是一劫。世人眼里只是一眨眼的工夫，可那上面却经历了酸甜苦辣，万般苦乐。贾宝玉已有几丝头发从黑变白，她长了岁数。T字舞台上的名模的年龄，不是以年为计，而是以小时为计。贾宝玉在舞台上缱绻，光注进了珠子，化成干涸的液体，在珠子的芯子里流动。然后，灯光也熄了，贾宝玉隐入暗中。掌声回来了，欢声回来了，黑暗中又聚满了观众，人头攒动。这时候，流言也起来了，都是关于贾宝玉的来历。流言汇集起来，从街道后面阴暗的下水道流走了。那水管子里空洞的激荡声，就是流言的回声。这是一种干涸的流淌，发着空响，不见其踪迹。由于贾宝玉是那样盛名之下的名模,有关她的流言也极其汹涌。在清代的街道,阴沟和阳沟,到处奔腾着干涸的流言,蚊蝇在那上面绕着圈子,其实是流言的只字片语。

贾宝玉在黑暗中回到幕后,她听见时间的潺潺流淌,是这干涸海底的液体,理论的液体。她乘在这时间上,珠裙是她的渡舟。

珠裙从她的肩头一泻到底,披肩也从她的发顶一泻到底,袒露出金箔的衬裙,这是她的肌肤。名模的肌肤是由时装做成。珠裙堆在她的脚边,埋住了她的脚面,烁烁的一片,这是花事中的最繁荣,事情已到了顶级的状态。幕前的观众越聚越多,他们等着看这最繁荣的一幕后面,还有着什么更繁荣。最华丽的后面,有什么更华丽。这将是出奇制胜的一幕。大厅里的人已达到了爆棚的局势。音乐转成慢板,灯光消停下来,一切都流露出终局的迹象,可事情其实并没有结束。下面还有什么?这个大悬念紧紧地抓住了人们的心。

那最华丽、最风流、最缱绻的珠裙已躺在了脚下,干涸的水珠和泪珠堆砌成一座珠山、半亩珠田。接下来的一幕是什么呢?

贾宝玉从镜子里看见了自己黑发中间杂的几丝白发,不由叹息时光不等人,春事将尽。她又看见有新的白发在滋生,先从根上白起,然后向梢上白去。她将那一丝头发捡起,缠绕在手指上,便看见它一圈一圈地白了。有吱吱的声响,也是时间的声音。一些细小的时间淅淅沥沥地过去。她抬起头,再从镜子里望去,她再次看见身后左右的丽人们,簇拥着她。多么繁盛的景象啊!繁盛到,繁盛到了凋零的边缘。她已经在这繁盛中看见了憔悴之色。她的美人也会老的啊!她又点起了一支烟,紫色的烟雾在镜前绽开,镜中景色恍惚了,那繁盛之貌渺茫了,她呢,烟雾缭绕,飘忽远兮。

幕前的人们此时格外安静,他们在等待奇迹,他们又信又疑。信的是奇迹一定会发生,疑的是,在这么多奇迹之后,还能有怎样的奇迹?他们敛声屏息,是怕一不小心,把奇迹惊散了。音乐和灯光均是小心翼翼的，耐着性子。街道上所有的流行都暂止一时，等待着下一轮的时尚诞生，千万不能赶一时，误一世。连时间都静止了，反正也没有季候的虫鸟去那里栖身。

在这文明的昼夜之外，太阳还在自己的轨道上航行，它的光和热还是那样巨大，可是文明已结成了一个坚硬的核，不知危险地在太阳的光热里穿行。那核里也是有着几重天的，要敲开它也得敲上一时半会儿。我在屋顶上看着这些，眼睛在屋瓦上的苔藓上打着滑，这都是这干涸海底的历史。

T字舞台的灯光清寂下来，音乐呢，只剩一件乐器，打击乐，敲击着呆板的节拍，发出木质的音响。由于人多，再是不出声还是有一片嗡嗡嘤嘤。最后一幕终于拉开帷幕，贾宝玉登场了。全场皆惊，忘记了欢呼。

她裸着她的肌肤，金箔的衬裙，卸下了所有的时装，垂至脚踝的长发齐根断去。就这样，孑然一身地登上这最后一幕。

现在，街上的流行又继往开来。新的时尚降临了，这是需要超凡脱俗的勇敢和决心，由最富前卫精神的女性承担角色，那往往是一些摇滚歌星，比如爱尔兰的光头女星希妮德·奥康娜。因为只有她们生活在虚假的现实里，类似T字舞台的地方。这一桩时尚实在走得太远，和真实相距遥遥，可它真是先锋啊！它将时尚推入极致，直推向它的反面，那就是彻底取消。在辉煌的终极后面，就是这一幕——光头烁烁。

发廊情话

这一间窄小的发廊,开在临时搭建的披厦里,借人家的外墙,占了拐角的人行道,再过去就是一条嘈杂小街的路口。老板是对面美发厅里辞职出来的理发师傅,三十来岁的年纪,苏北人。也许,他未必是真正的苏北人,只是入了这行,自然就操一口苏北话了。这好像是这一行业的标志,代表了正宗传继。与口音相配的,还有白皙的皮肤,颜色很黑、质地很硬的头发,鬓角喜欢略长一些,修平了尖，带着乡下人的时髦，多少有点流气，但是让脸面的质朴给纠正了。脸相多是端正的，眉黑黑，眼睛亮亮，双睑为多，鼻梁，比较直，脸就有架子。在男人中间，这类长相算是有点"艳"，其实还是乡气。他们在男人里面，也算得上饶舌，说话的内容很是女人气，加上抑扬缠绵夸张的扬州口音，就更像是个嘴碎的女人了。这与他们剽悍的体格形成很有趣的对比。他们的一双手，又有些像女人了，像女人的白和软，但要大和长了许多，所以，就有了一种怪异的性感。那是温水，洗发精，护发素，还有头发，尤其是女人的头发的摆弄，所养护成的。他们操起剪子来，带着些卖弄的夸张，上下翻飞，咔嚓作响，一缕缕头发洒落下来。另一只手上的梳子挑着发绺，刚挑起，剪子就进来了，看起来有些乱。一大阵乱剪过去，节奏和缓下来，细细梳平，剪刀慎重地贴住发梢，张开。用一句成语来形容，就是，动如脱兔，静如处子。

这一个苏北人，就是说老板，却不大爱说话。

他的装束也有了改变，穿了件黑皮夹克，周转行动多少是不便的。也许是做了老板，所以不能像个单纯的理发师那样轻佻随便了，再加上初做生意，不免紧张，于是就变得持重了。他包剪和吹，另雇了两个年轻姑娘洗头，兼给烫发的客人上发卷。有了她们，店里就聒噪多了。她们大约来自安徽南部一带，口音的界别比较模糊，某些音下行的趋向接近苏北话，但整体上又更向北方语靠拢。最主要的是，语音的气质要粗犷得多，这是根本的区别。她们的年龄分别在二十出头和三十不到，长相奇怪得很相似，大约是因为装束。她们都是削薄碎剪的发型，发梢错乱地掩着浑圆的脸庞，有一点风尘女子的意思。可她们的眼神却都是直愣愣的，都像大胆的乡里女子看人。五官仔细看还有几分秀气，只是被木呆的表情埋没了。她们都穿一件窄身编织衫，领口镶尼龙蕾丝，袖口散开，一件果绿，一件桃红。裤子是牛仔七分裤，裤口开一寸衩，脚下各是一双松糕底圆口横带皮鞋。衣服都是紧窄的流行样式，裹在她们身上，显得很局促。她们经过室外强度劳作的身体，出力的部位，像肩、背、臂膀、髋部、肌肉都比较发达，就将这些衣服穿走了样。倘若两张椅上都坐了洗头的客人，她们便一边一个，挺直身子站到客人身后，挤上洗发水，一只手和面似的将头发搅成一堆白沫，然后，双手一并插进去，抓、挠、拉。她们就像是一个师傅教出来的，抬肩，悬臂的姿势一模一样，抓挠的程序动作也完全一致，看上去，很是整齐。她们还都喜欢抓挠着头发，眼睛看着正前方镜子里，客人的眼睛，直逼逼地，要看出客人心中的秘密。看了一时，再侧过头去，与同伴说话。她们说话的声音很大，笑声也很响亮，总之是放肆的。老板并不说她们，看来，是个沉默的人，还有些若有所思的。她们于是会疏懒下来，只是依样画葫芦般地动作，却没什么实质性的效果。这时，客人就会发声音了：你不要在表面划来划去，要抓到里面去。受谴责的小姐便委屈地说：方才的客人还说我的指甲太尖了呢！客人再说：你手指甲再尖也无用，只在表面上划。这时，老板就站起来，走到客人身后，亲手替客人洗发。小姐呢？依然带着受委屈的表情，走开去，到水池前冲手，然后往墙边铁架折叠椅上一坐，那姿态是在说：正好歇着！她们多少已经学油滑了。

店里时常还会坐几个闲人，家住附近，没事，就跑来坐着。人还以为等着做头发的，推门并不进来，而是问：要排队？里面的人一并说：不排队，不排队！生怕客人退走。闲人多是女性，有的手里还拿着毛线活，有的只是抄着手。虽说是闲人，可却都有一种倦容，衣履也不够整洁，好像方才从床上起来，直接走到店堂里似的。可能也不是倦容，只是内室里的私密气息，总有些黏滞不洁，难免显得邋遢气。果然，有几次，方才还蓬头垢面地在这里闲话，这一时却见换了个人似的，化了妆，换了衣服，踩着高跟鞋，噔噔噔，头也不回地从店门前走过去，赴哪里的约会去了。等再来到这里，已经是曲终人散的阑珊人意了。她们回忆着前夜的麻将，麻将桌上的作弊，口角和得失。或者是一场喜宴，新郎新娘的仪表，行头，酒席的排场，各方宾客来头大小。就好像一宵的笙歌管弦，要在这里抖落掉余烬似的。此外，股市的起伏波动，隔壁店家老板与雇员的争端，弄内的短长事，还有方才走出的客人的吝啬与大方，也是闲话的内容。有她们在，那两位洗头小姐，也觉得不沉闷了。并且，有多少知识，可以从她们那里得来。遇到和计较的客人吵嘴，她们则会出来打圆场。她们都是有见识的，世事圆通的人。甚至你会觉得不相称，像她们这样见过世面，何以要到这小店来，与两个安徽女子轧道？难得她们如此随和。岂不知道，这城市里的人原不像看上去的那么傲慢，内心里其实并没有多少等级之分的。她们生活在人多的地方，挺爱热闹，最怕的是冷清。她们内心，甚至还不如这些外来的女子来得尖刻。这倒是出于优越感了，因为处境安全，不必时时提防。当然，还是因为生性淳厚，你真不会相信"生性淳厚"这几个字能按在她们身上，可事实的确如此。在这闹市中心生活久了，便发现这里有几分像乡村，像乡村的质。生活在时间的延续中，表面的漂浮物逐浪而去，一些具有实质性的内容则沉积下来，它们其实简单得多，但却真正决定了生活的方式。所以，这些闲坐的女人里，没几个能猜得到那两位小姐背底里如何谈论她们，当她们光鲜地从玻璃门前走过去，她们在门后的眼光，藏着怎样复杂的心思。

每天早上，将近九点钟光景，玻璃门上的帘子拉开了，门从里面拨了销。这城市的街是扭的，房屋的朝向便不那么正，说不出是怎样一来，太阳从门外照到镜子上，很晃眼的。在晃眼的阳光里，两位小姐在摆放椅子，收拾镜台上的小东西，顺便对了镜子整理身上的衣衫和头发。有一点像舞台，方才拉开帷幕。倘有赶早的顾客，这时候推门进去，会嗅出店堂里的气味有些浊，夹杂着许多成分。"他"或"她"当然分辨不出那里面有被褥的气味，混了香脂的体味，还有几种吃食的气味：泡饭的米汤气，酱菜的盐酱气，油条的油气，再有一股灼热的磁铁气味，来自刚燃过的电炉。她们就是在里面过宿的，折叠床，铺盖，锅碗，都掩在后门外面。这里还有一扇后门，门外正是人家的后窗台，用纸板箱围住半平方米的地方，搁置这些杂物，上面再覆一张塑料薄膜。在这条窄街上，沿街的住户门口，都堆放着杂物，所以，就不显得突兀和不妥。过了一时，老板也来了，进来看看，并没什么事，就又走了。走了一时，又来，再看看，还是没什么事，再又走了。他显得很忙碌，有着一些对外的交道需要处理的样子。有了自己的生意，做了老板，他的外形上似乎有了改变。他黑了，抑或并不是黑，而是粗糙，就像染了一层风霜。而且，有一种焦虑，替代了他们这类手艺人的悠闲劲。那是由手艺娴熟而生出的松弛，以致都有点油滑气了。现在，他却是沉郁了。这件黑皮夹克他穿着真是不像样，硬、板、灰蒙蒙，就像一个奔走在城乡之间的水产贩子。黑色牛皮鞋也蒙了灰，显出奔走操劳的样子。等他跑进跑出告一段落，停歇下来，一时又没有剪和吹的客人，他便坐在柜台里面，背后是嵌了镜子的玻璃壁架，架上放各种洗涤品，冷烫精，护发素，油膏。柜台上立有一面硬纸板，上面排列着标了号码的各种染颜色样本。总之，这发廊虽小，可五脏俱全。老板坐在柜台里边，用指甲锉锉着指甲。这带有女气的动作，倒流露出一点他本行的小习气。

他低头坐在那里，任凭小姐们与闲坐的人如何聒噪，也不搭腔。人们几乎都将他忘了，可是，很奇怪地，又像是要说给他听。倘若他要不在场，说话的兴头就会低一点，话题也变得散漫，东一句，西一句，有些漫不经心的意思。这个沉默的人，无论如何是这里的主人，起着核心的作用。现在，他坐在这里了，眼睛望着前边的玻璃门，门外街面上的忙碌，有一种熟稔的日常气息。人脸大致是相熟的，所作所为还是相熟。在这闹市的腹地，夹在民居中间的街，也是近似乡村的气质，相对封闭。外面世界的波澜，还进不到这里面，只会因冲击边岸而引起骚动。老板的眼光茫茫然的，这是处在创业艰难中的人统有的眼光，忙定下来，不禁自问道：有什么意思呢？发廊里的闲话很热烈，两位小姐兴奋着，手在客人头上动作，连带身体雀跃着，形成一种舞蹈的节奏。肥皂泡飞到客人的眼睛里，客人抗议了一次，又抗议了一次，待到第三次，空气中就有了火气。老板在柜台后面立起来，可是，没有等他走到客人身后，有一个人却代替他，挤开了那位小姐。这是边上坐着的一个闲人，也算是常客了，家住街那头百货公司楼上，丈夫是做生意的，养着她，没事，就到这里来坐着。

她从铁架折叠椅上站起来，走到客人身后，略一挽袖，抬起手臂，手指头沿了客人发际往两边敏捷地爬行开去，额上立即干净了。她快速地将客人顶上的泡沫堆叠起来，然后伸进深处抓挠。她笑嘻嘻地回头看人们，好像在说：怎么样？是孩子气的技痒，也显出她曾经是干过这一行的。要这么一想，你便发现，她其实也和那两个小姐有些像呢！圆脸，短发，细淡尚端正的五官。所有的洗发小姐几乎都像从一个模子里刻出来的。她的个子比那两个小姐还要小些，穿呢？又穿了一条灯芯绒，胸前缝一个狗熊贴花的背带裤，这使她看起来，完全是孩子的形容。不过，再仔细端量，才会看出她怀有着身孕！这样，你忽就不确定起来。进一步地，你注意到她看人的眼光，不是像那两位一样直逼逼的，恰巧相反，很柔软，似乎什么都没看，其实全看见了。你想，这女人有些不简单啊！到此，她已经与那两位小姐完全区别开来了。她们有着本质的不同，这不同来源于经验、年龄、天赋，还有地域。对了，这女人是上海人，她说一口上海话。她甚至还不像她那个年龄，二十多，三十，或者三十出头？就这一个年龄段吧，她不像这个年龄段的上海男女，有许多流行语，又有许多生硬的发音。她的上海话竟有些老派的纯熟，这显示她应该是在正宗的沪上生活里面。

　　客人安静下来，小姐们则兴奋着问出诸多问题，总起来就是，你也做过这一行啊！她翘起下巴，朝柜台，也就是老板的方向一点：我开过一个发廊。不等人们发出惊愕的叹声，她又加上一句，先前做过一段百货。再是一句：还开过一家饭店，名叫"好吃"！说到此，人们反倒不吃惊了，因为不大可信。这三段式加在一起需要多长时间？而她究竟又有多大年纪？再看她脸上的笑容，那样得意的，又变成孩子了，沉不住气，爱说大话的孩子，狡黠地眨眨眼：信不信随便。小姐们不看她了，由她自己替客人洗头。她笑着将干洗的全套动作做了两遍，然后说：冲去吧！将客人还给原先的小姐，带到洗头池前，自己举着手等在一边，等水池子空出来好冲手。她很有兴趣地看着手上堆着的泡沫，手指撮弄出一个尖，尖上正好停着一点太阳光。光流连到她脸上，她的笑容在晃动的光影里有一点惘然。店里有一瞬是静着的，只有水冲在头发里柔和的咝声，还有煤气热水器噗一声开，又噗一声关。老板肘撑在膝上，下巴托在掌中，那样子有点像小孩，想着小孩子家的心事。

我的发廊在安西路,安西路,知道吗?她说。小姐们摇头说不知道。现在已经拆了,那时候,很繁荣呢!长宁区那边有名的服装街,有人叫它小华亭的。我的发廊在服装街的尾上,或者也不能说尾,而是隔了一条横马路的街头上。我对那地方比较熟,虽然我自己家住在淮海路那边,可是朋友借给我做小百货的门面在安西路,所以就熟了。

小姐们回头朝向她,听她说。冲头发的冲好了,送到座位上,老板起身去吹风。小姐自己站在一边,用一块干毛巾擦手。她走到空出来的水池,拧开龙头,冲净手上的泡沫,暂时停下来,脸上带了微笑。她左右手交换握了花洒,冲手。水丝很软弱地弯曲下来,汇成细流。电吹风的嗡嗡声充满在店内,头发的气味弥散在透进玻璃门窗的阳光里,显得有些黏腻。她洗好手,那小姐将手中干毛巾递过来,她没接,只是在上面正手反手摊了摊,算是擦干了,回到先前的折叠椅上,坐下。后来呢?小姐中的一个问道。她抬起微笑的脸，询问地看着发问的人。为什么不做百货而要做发廊？那人解释了自己的问题。

她"哦"了一声，仿佛刚明白过来似的。小百货，你知道利极薄，倘若你没有特别的进货渠道，赔煞算数。那些供销商，你打过一趟交道，三天吃不下饭！说到此处，她忽然收住，意识到险些说到不该说的话。安西路的铺面，是我朋友借我做的，本来就不是我自己的，做也做不长。所以呢，做，做，做，我就想自己做了。做什么呢？在家待业的时候，我陪隔壁邻居家的小姑娘，到理发学校听过课，回到家，我让她在我头上练洗头，我在她头上练，就这么练着玩。到后来，我洗得比她还好。她抬了抬下巴，好像在说：方才你们也见到了。我想：就开个发廊吧！安西路，就这点好，做什么事都像玩一样，没有心理压力的。朋友又多，因为都是靠朋友的，所以都肯帮朋友。当然，安西路的人和我们淮海路的不一样。就是这里，她用手点点脚下的地面,这静安寺地方的人和淮海路的都不一样。淮海路的女孩子,走到哪里都看得出来不一样。不是长相,不是说话,也不能说不是,可能有一点是,不过并不是主要的。主要的,大约是气质。她为自己说出"气质"这两个字,有些不好意思,笑了一下,似乎觉得不够谦逊。不过,安西路的人有安西路人的好,他们很肯帮忙,而且,更重要的,就是我刚才说的:什么严重的事情,在他们看来,都和玩一样。听他们说话,你会听不懂,难道是吹牛?吹牛也要打打草稿。可他们完全是像真的:开发廊?好呀,我的朋友在香港学出师的,专给明星做发型;店面吗?安西路服装街要延长,还要丰富品种,我有个朋友和区长认识,同他说一声好了;第三个朋友恰巧专门做推销洗发香波的,可以用批发价卖我。还有工商局,卫生局,劳动服务公司,治安大队,都有朋友,或者朋友的朋友,都是一句话就成的。当然,实际上不会有这么好运道,否则,人人发财了。那个做发型的朋友,不是在香港,而是在温州学的,不过曾经在香港人的发廊里做过,开的价高过天,还要有住房,包交通,因为他实际连温州人都不是,而是温州底下的德清乡下人。服装街不仅不延长,连原来的都有拆掉的危险,有几户居民是有来头的,人大代表和政协委员,一直在呼吁。你知道,安西路一带多是洋房,本来是极清静的。那推销洗发香波的,倒是天天来,来到我的百货摊位上,这时我的百货还没有结束。他拎一只拷克箱,盖子揭开来,里面像中药房样,一小格一小格,放着样品。样子蛮像,结果全是假货,在火车站那里的地下工厂生产出来,四面八方去兜售。一上手就知道,处处是关隘,问题是,一上手就甩不掉了。本来,不过是玩玩的,一来二去,玩成真了。脾气上来了,志气也上来了,非要成功不可了!发廊到底开出来了,倒真开在隔横马路的街那头,政策有一时松动,一要解决待业人员生计,二要街道里委创收。不过,松几天又紧起来,除了我这家发廊,再没有开出别的铺面。我的发廊正好嵌在弄堂贴边上，狭长的一条，门是朝里的，对了弄堂另一侧墙面。

在她讲述的过程中，又先后进了两个客人，一个男客，一个女客。老板先给男宾修面，再给女客焗彩色油。女客对了硬纸板上的颜色样品思忖很久，最后选定一种。两个小姐听得出神，听故事并不比聊天更影响她们干活，甚至聆听产生的专注，使她们安静下来，手下就不那么浮躁了。老板依然沉默着，这是一个静默的男人，即便需要与客人交流，他也尽可能以动作示意，比如，点头，摇头，用手指划。万不得已要说话，他就用极轻的音量说出极简单的几个字。她的叙述相当流利，语音清晰，轻盈地穿行在店堂间，透过刀剪的喊喳，花洒里的水丝，客人与老板耳语般的对话。

生意好不好？一个小姐问道。她没有正面回答这问题，依着原有的思路往下去。开张这一日，大家，就是安西路服装街的朋友，都来放炮仗了。朋友中有一个人，大家都叫他"老法师"，她停顿一下,绕过这话题,这个人等会儿再说。你问我生意如何?她看着方才提问的小姐。这一绕道有些打乱叙述,需要一个缓冲,用来调整节奏。生意嘛,不好不坏,多的还是洗头,其中起码有一半是朋友,"挑"我生意的。她一笑,因为用了一句粗俚的切口稍有些羞惭。像我们这种发廊,多少有点不上不落。居民习惯去国营的理发店;隔壁小区里,就有一个里弄开的理发室,洗头只要五块钱。生活质量高的又要去美发厅、美容院,香港台湾人开的。再有一类发廊,是要在城乡接合部,外地人集聚的地方,叫是叫发廊,小姐们连洗头都不会。她停下来,略过去了。到我们这地方来洗头的,多是一些小姑娘,读中学的,刚刚学了时髦,大人又不许去美发厅,就只得到我们这里来。她们多数是一头直发,拖到背脊处,额角上胎毛还没掉干净,怀里抱一瓶自家的洗发水,坐到椅子上,喊一声阿姨,多抓抓噢!别看她们年纪小,已经学了白领的脾气,一会儿说抓重了,一会儿说抓轻了,一会儿又说洗出头皮屑,一会儿再说吹风筒太近,头发开出叉。半通不通,口气却很凌厉,你也不好跟她凶,只好和她"淘浆糊"。她又用了一个俚语,自己笑出声。和这帮小姑娘混的时候长了,要来真正做发型的客人,倒有点不晓得怎么下手了。当然,即使有做头发的,也不过是几个老阿姨,卷一卷,吹一吹。就算是比较时髦的,也不怕,我的师傅路子还是正规的,原来在紫罗兰做过,怕是怕那种路子外边的。但是,你越怕什么,就越来什么。这一天,不早不晚,来了一个人。她忽然止住,本来交错抱在肚子上的手臂解开来,插进背带裤的口袋,这样,腰就往前挺一挺,肚子也挺一挺,脚尖并拢朝前伸直。再继续往下:他要剃光头。

这是一个光头客,只不过长出薄薄一层头发茬儿,他要再推推光。他是这样进来的,推开门,一脚在门里,另一脚在门外,说:推不推光头?好像他自己也没什么把握,只是来试试。我们那个师傅,已经笑出来了,马上有话要跟进:到剃头担子上去推！其实谁看见过剃头担子，只不过放在嘴上说说罢了。就在这当口，也不知道怎么，我"拔"地立起来，抢过师傅的话头，说了一个字：推！事后再想，并不是一时冲动，而是有来由的，我感觉到这不是一般的光头。她笑了，两位小姐也笑了，问：不是一般，又是什么？这话怎么说！她沉吟了一时。这一时很短促，可在她整个流畅连贯的讲述中，却是一个令人注意的间隙，好像有许多东西涌了上来。她沉吟一时，说下去。假如是一个老头儿、民工、乡下人，或者穿着陈旧……怎么说，反正是那种真正剃光头的朋友，我就不会留人了。但是这一个呢，年轻，也不算顶年轻，三十左右。他穿一件中式立领，黑直贡呢的棉袄，那时候还不像这几年时兴穿中装，猛一看，就像道袍，裤子是黑西裤，底下一双黑直贡呢圆口布底鞋。背的一只包，也很奇怪，你们猜是什么包？洗白的帆布包，盖面上缝一只五角星，军用书包。他的样子就是这么怪，但是，很不一般，极其不一般。

我请他进来,坐下,抖开尼龙单子,围好,封紧,再去镜箱里拿工具。我们店里的人都看着我,不晓得我准备怎么下手。我眼睛盯着我的手,一会儿拿起一把电推刀,一会儿拿起一把剪刀,先是拿大的,再是拿小的,我一捏住那把小剪刀的时候,心里忽然定了,我拿对东西了。我这个人就是这样,做事情都凭感觉,感觉呢,又都集中在手上。所以,许多事情,我都要先去做,做在想前边,做以前什么都不知道,可是只要做起来,自然就懂了。小时候,我们弄堂里的小姑娘,兴起来钩花边,大家把花样传来传去。还有书,书上有照片,针法。我是不要看这些,我就是要钩针,线,在手里,三绕两绕,起了头,各路针法我就都钩出来了。大人说我手势好,说,什么叫手势好,伊就是!这时候,我捏了这把小剪刀,回到客人身边,把椅子放低一节,这个光头客个子挺高的。他看了看我手里的小剪刀,没有说话,也不晓得是看出我会,还是看出我不会。我反正觉得我会。事后,我们那师傅也问我在哪里学的,说一看我拿起剪刀,就晓得我会。其实,我不但没学过,连看也没看过,我就是知道,不能用推刀,也不能用刮刀,那就真的是剃头担子了。而我们是发廊,客人呢,又是那样的,我们必须是新潮的。我拿起剪刀来就再没有犹豫,我从发际线开始,一点一点往后剪。剪刀小,刀口短,留下的"角"就小,总之,一句话,就是要剪圆。这是基本原则,不要有"角"。这个客人的头型很好,圆。你们不要笑,你们接触的头比接触的人还多,是不是都圆?不是吧!可以说大多数的头不圆,或者整体圆,局部却有凹凸。可他不!不仅圆,还没有凹凸,更难得的是,他头上没有一处斑秃和疤。倘若要把所有人的头都剃光的话,你们会发现,人人头上都会有几处斑秃和疤。可他就没有。所以他敢剃光头呀!光头不是人人能剃的,要有条件。这个头,我整整剪了一个半小时,剪下的头发茬儿,细得像粉。我虽然注意力全在他的头上,可我知道,他一直睁着眼睛,从镜子里看着我的手势。后来,他告诉我,他以前的头，都是用电推刀推的，他的女朋友帮他推。他和他的女朋友，都是戏剧学院的，他是老师，女朋友是学生。他的女朋友出去外地拍电视剧了，他只好出来找地方推头。走过几条马路，找了无数家发廊，都说不推光头，最后才找到我的发廊。他和他的女朋友，在武夷路上借了套一室户住，离安西路不很远，以后，他就时常来了。这些都是他以后告诉我的。

叙述显然到了关键部位，店里的空气竟有些紧张。正是下午两三点不大上客的空当里，两个小姐一左一右坐在她身边，老板在柜台里打瞌睡，对她的故事不感兴趣的样子，但是也没有出来干涉她们这样大谈山海经。他真的改了脾性，理发师傅都是饶舌的，爱听和传一些家长里短的故事，而这一个，已经变得漠然了。小姐们等着情节继续发展，不料她却话锋一转：我刚才有没有提到一个"老法师"？那是安西路做服装的朋友中的一个。叫他老法师，一是因为年纪，那时候他已经四十岁，二是因为他有社会经验。他的社会经验用在生意上面并不多，主要是用在嘴上。他只要坐下来一开讲，老板就都忘了做生意，聚到他身旁边来听课。据说他在局里面，承办员听他讲得忘了问案情。她顿了一下，因为说漏嘴脸红了，旋即坦然一笑：不讲也明白，安西路上的老板，大约有一半进过"庙"。带出切口没有使她再停歇下来，脸上的红却扩大并且加深，就有了类似豁出去的表情。从"庙"里出来，找不到工作，就做生意了。老法师吃官司，还是因为他的嘴：诈骗！他骗人家说他是华侨，在南洋开橡胶园，到上海来是想娶个上海太太。南洋那边的华人多是福建一带过去的，长相不好，矮，瘦，黑，热带瘴气重，遗传上有许多问题。所以，他就决定到上海来解决婚姻大事。上海人种好，他说。你们知道，他说起来一套又一套的，天底下哪个角角落落他好像都去过。他说上海人种好，上海人里面，女更比男好。江南地方，水分充盈，就滋阴。他说：你们看过《红楼梦》吗？贾宝玉说，女人是水做的，就是这个意思。上海的女人,就是水做的女人。水土湿润,气韵就调和,无论骨骼还是肌肤,都分量相称,短长相宜。比如脸相,北方人,多是蒙古种,颧骨宽平,腮大,眉毛疏淡,单眼皮,矮鼻梁,嘴形缺乏线条,表情呆滞。南方人,是越人种,就像福建的那种,眼睛圆大,而且重睑,但陷得太深,鼻孔上翻,有猴相,欠贵气。江南人,却是调和了南北两地的种相,上海呢,又调和了江南地方的种相。上海的调和,不仅是自然水土的调和,还加上一层工业的调和。有没有看过老上海的月份牌?美人穿着的旗袍,洋装皮大衣,绣花高跟鞋,坐着的西洋靠背椅,镂花几子,几子上的留声机,张着喇叭,枝形架的螺钿罩子灯,就是工业的调和。老法师穿一件西装,手里拎一只拷克箱,坐在宾馆的大堂酒吧里,和一批批客人开讲。到了吃饭时间,自然有人请去餐厅,水晶虾仁,松鼠桂鱼,叫花鸡一道道点上来。这时候,他就改讲吃经。这些人都是鸡生蛋、蛋生鸡地生出来的,多数二十岁左右的小姑娘,有一些家世还挺好的,据说有高干的女儿,医生的女儿,有大学生,教师,还有一个电影演员。认识过后,不出一个月,就向人家开口借钱。其实不要他开口,人家自己就会给他钱:外币兑换起来不便当,还要去中国银行排队填表,拿人民币去用吧,不必客气!上家的钱给下家用,就像银行一样,周转起来非常顺利,没有一点漏洞的。老法师长得难看,不是难看,而是怪。猛一看没有下巴,定定睛,下巴是有的,却连着喉结这一段,形成一个收势。第二看,没有肩膀,其实肩膀肯定有,而且相当宽,可是头颈太粗,两块肩胛提肌特别发达,肩膀就塌下来,变成黄牛肩膀了。第三看,多了一副手臂转弯骨。原因是手心朝里,转弯骨朝外,手心一翻,转弯骨就到里面来了,就好像多出一副。要说,老法师是长得没有福相,不过,一双手脚又补回来一些。他的手脚都小,与他一米七八的身胚比起来,实在小得不相称。所以,这也是一怪。这样七歪八扭的一个人,就全凭着一张嘴,招蜂引蝶。

她说到这个词,大约想到与老法师的形象不符,便笑了。笑里边带了讥诮,又很微妙地带一点怜惜。她脸上的红没有褪去,而是均匀地布开了,使她平淡的面容变得有些姣好。后来,有一日,人家介绍给他一个小姑娘,跟过来看的,有她一帮亲眷朋友,其中一个看过后就有点起疑,觉得这人面熟,像是他们单位,区饮食公司里的供销员。但他自己还不敢确定,过一日,又带了另一名同事来看。另一名同事连他的名字都喊出来了。于是,报告公安局。骗过的人再鸡生蛋、蛋生鸡地吐出来,竟然有十二个,整整一打。老法师一个也不赖,统统顶下来。他说,是他自己失足,就要自己承担,有本事不要穿帮,穿帮就不要赖,本事不是用在这时候的。审他案子的承办员也很服帖他,夜里值班瞌睡上来了,就把他叫出来,听他讲,然后一人一碗大排面宵夜。因为他态度好,就判了从宽,三年劳教。在白茅岭农场,劳教也都服帖他,他做了大组长。劳教也分三六九等,诈骗第一等,因为智商高呀!老法师又是高里面的高人。

有客人进来了,一个女客,洗和做,因晚上去喝喜酒,要求做得仔细一点。叙述被打断了,一个小姐去洗头,另一个拉过盛卷发筒的塑料筐,将卷发筒上挂着的橡皮筋扯开来,各放一边,等会儿好用,一边问:那么光头客呢?怎么就讲到"老法师"上面了呢?洗头的小姐也侧过脸对了这边问:是呀,光头客到哪里去了呢?她光笑不答,向老板要了个一次性塑料杯,到饮水器上接了水,慢慢地喝。人们便不敢催她,耐心地等着。店里的骚动平息下来,重新建立秩序,恢复了讲述和聆听的安静气氛。

老法师在白茅岭农场待了两年半,另外半年减掉了。她继续说老法师。从白茅岭回来,他就到安西路上租个铺面,做服装,专做女装。他生意经一般,这也正是他有社会经验的表现。他常常说:大家都是一条船上的人,何必要强过人家的头呢?安西路上做得巴结的人做大了,摊位转租出去,自己到虹桥路开时装店的也有,开服装厂的也有,去南非、阿根廷做生意的也有,老法师却稳坐钓鱼台,不动。他有一句话,叫作:"家有千千屋,日卧三尺。"所以他生意就做得潇洒,进来的服装,有我们喜欢的,他就很慷慨地一送:拿去!他对我们小姑娘很好,出手也大方,还教我们许多事情。他说:女人只要基本端正,没有大的缺陷就可以了,重要的是要有脑子,就是有智商。老话说,"红颜薄命",这句话的另一层意思是,长得好看并非有好命,是不是?还有一句俗话,叫作:"聪明面孔笨肚肠",什么意思?为什么要把面孔和肚肠对立起来?原因就是,女人自恃有一张脸就放松了头脑的训练,结果就是前一句——"红颜薄命"。中国的四大美女,其实并不是漂亮。杨贵妃,你们知道吗?就是唐代皇帝的妃子,皇帝为了她,差点丢了江山。后来,将士要求皇帝杀了杨贵妃,才肯为他出兵打仗,重返朝廷。杨贵妃有狐臭,所以就在脖子上戴一圈鲜花,"闭月羞花"的"闭月"二字,就是从这里来的。可见她并不是以色貌取唐明皇欢心宠爱,凭什么?你们自己去想。再有王昭君,你们以为她有多美?皇帝会把真正的美妃送给野蛮人!重在贵而已,贵是贵在大汉王朝宫里的人,这身份就足够有余了。可她聪明啊!让她去那种地方,住帐篷,吃羊肉,天寒地冻,话也听不懂。她没有一头撞死,真去了。这一去,便青史留名。西施和貂蝉两位,智商就更高了,她们实实在在就是两个间谍,放进去的倒钩。没有超人的智商,担当得起吗?反过来说,女人聪明,自然就会漂亮,这漂亮不是那漂亮,是一种气质。说到"气质"这个词,她又不自觉地笑了一下,却没有减缓叙述的进程。比如西施,从诸暨乡下选来的民女,为什么不直接送去给吴王夫差,而是要由大夫范蠡专门调教她,调教什么?走路,抬手,说话,看人。学这些,靠什么?智商。走路,可以说决定了整个人的风度。人家说回头率,回头率从哪里来?马路上人头挤挤,都是擦肩而过,五官,皮肤,身材哪里来得及端详?引人回头的就是走路:步态。过去贵族学校,中西女中,有一堂课,就是走路。头上顶一本书,直走,转弯,上楼梯,下楼梯。书不能掉下来。练的什么?挺胸,但不能挺得太过,像军人走操;抬头,也不能抬得太过,变成"额角头朝天花板"了,以眼睛平视为标准。胸挺起来,腰、背、颈就直了。步子不宜太小,小了就像戏台上跑圆场,忸怩作态;亦不能太大,大了就有男气。有没有发现老电影里的旗袍,开衩开到膝盖下面一点,这就对了,这个尺寸就是跨步子的长短,要用足,但不能硬撑。现在新式旗袍,衩一径开到腿根,忒粗鲁,可以跑步了。没有生意的时候,老法师就教我们练走路。不瞎讲,走在马路上,我一眼就认得出,老法师教出来的人。我们中间有几个,与老法师特别好,猜也猜得出来,关系不平常。但是大家都晓得不可能,因为她们或者有家庭,或者有男朋友,或者只想和老法师玩玩,并不想结婚。老法师到底年纪大了,那时候已经四十多岁。他自己也不想,他说大家在一起是因为开心,不是为了烦恼。他还关照我们,不要和年轻的男孩子搞,搞出感情来麻烦得很。

店里的女客已经卷好头发,在烘发,手上翻一本时装画报,不晓得哪年哪月的,都卷了边。主雇三人暂时都歇下来。太阳到了这一面,透过窗上的尼龙镂花帘子,从背后照了她。她的脸就在暗处了。不过,这只是对比而言,在强光下的暗,依然是明亮的,而且显得柔和。她笑一笑,将手里喝空了的塑料杯一下子捏瘪,这个动作有一种结束的意思,可是底下还有:你们没有想到吧,我老公就是老法师。其实,我不是和老法师特别好的小姑娘,可我是要和老法师结婚的。老法师说:这就是你比她们聪明的地方。他以前也曾经说过这样的话,但意思是指我的气质:到底是淮海路的女孩子。她得意和羞怯地笑了笑,站起身来往外走。光头客呢?两个小姐着急起来,追着她身后问。死了!她回答,推出门去,手一松,弹簧门又送回来,将照在上面的微黄的阳光,打了两个闪,映在小姐们失望的脸上。稍停一时,她们就又热烈地讨论起来,讨论她的年龄,到底有多大。看上去只像二十多岁,可是,将她经过的事排一排,又不够排的,怎么都要三十朝上。忽然间,老板吐出一个字来:鸡!这是他迄今为止发出的唯一的声音,仅一个字,声气言辞却极粗暴,小姐们的聒噪便戛然而止,静下来。

姊妹行

分田和水出门的时候，村里人就不看好，觉着这两个姊妹太癫狂，胆大心不细，弄不巧就被人拐跑了。想不到，还真让说中了。

分田的对象在徐州当兵，来信让分田去逛逛徐州，分田又邀上水。乡里边男女对象的交往总是这样的，女方带一个要好姊妹陪着，就像小姐带一个丫鬟。一来可以避嫌，二来也可解了当事人的尴尬，所以，这个"第三者"是受欢迎的。与惯例一致，水比分田小两岁,还没对象。这两人玩心都大,就敢结伴去徐州。要说,分田那对象,安排得够仔细,他事先寄来一张路线图,让两个姊妹一早到韩集搭中巴,中巴乘到大王集,再换乘长途车,到曹城。此时应当是下午三点光景,而曹城傍晚五点有一班到河南商丘的慢车,正好在车上过一宿,一早到商丘站。到了商丘站,她们就与他通个电话,电话号码他写在路线图上,"商丘"两个字的旁边,底下用小字说明如何使用投币电话,身上要留好几个硬币,等等。通上电话,晓得她们平安到商丘,他便可放心。她们呢,也好告诉他买了哪一班到徐州的车票,从商丘到徐州的车次就多了。到时候,他会带他的战友去徐州站接车。他特别强调他的战友这一细节,"战友"这两字使他有了一种走上社会的新形象。这孩子,说起来要比分田小十个月,可行事却沉稳得多,这也是分田应下这门亲事的缘故。他是分田姑那个庄的孩子,当然是姑做的亲了。现在到底比以往开放了,两人见了面,一同逛了韩集,不用说,还有水一起。他回部队时，分田也是同水一起去送的。所以，他们虽不算十分熟，可也不是完全生分。这也是分田愿意接受邀请的一个原因。

分田她们应当说是基本按照路线图走的，只是在每一个细节上都做了点小小的改动，甚至连改动都称不上，仅只是一点变通，这一点变通，虽然是因情因景而易，但也可看出这两个姊妹的性格。这些变通里面，终有一个酿成了事端，所以，要说后来的变故是怪她们自己，并不为过。那天，她们确是一早去了韩集搭中巴，但不是走去的，而是拦截了一架手扶拖拉机。她们出了村不久，就听身后土路上轰隆隆地跟上一架手扶，那车主她们都认得，邻村的萧小，初中里同过学，自己开了砖厂。于是，很自然地，两下里打了招呼，她们爬上车头，摇摇晃晃去了韩集。她们搭的中巴，也是熟人的中巴，中学里的另一个同学，姓林，和他的堂兄合开一辆中巴。她们上了车，坐到前排座与林同学一路聊天，到大王集。林同学邀她们一起吃了午饭，就在汽车站过上的饭铺里,要了一个凉拌粉皮,一个花生米,再各人三两水饺。虽然没喝酒,可因为老同学见面,谈起许多往事,很有感慨,所以三个人都很兴奋,红了脸。然后分手,林同学折回头往韩集,这两个上长途车去曹城。这一段比较寂寥,也就是比较正常,没有遇见熟人,也就没有计划外的事发生。因为起早,亦因为兴奋,两人都乏了,这时静下来,就打起盹。就像是一个盹的工夫,就到曹城。不过,天色已经暗了。曹城是个县城,路要宽许多,车要多许多,人也要厉害几分,她们还没走出汽车站,已经被推搡了几个趔趄。可她们并没有因此而气馁,反而振奋起来,觉着这场面很有气势,并且想,徐州肯定要比曹城更有气势。汽车站和火车站,几乎紧挨着,找到售票处,正掏钱买票,窗口底下蹲着的一个妇女却站起来,说她有两张去商丘的票,本是她男人和儿子晚上要走,忽然吃坏肚子,患了痢疾,走不动了。分田和水想这人是不是报上常说的票贩子,那女人立刻猜出她俩的心思,说她一分钱不多要，只要给她原价就成，倘去窗口退就要扣手续费，她当然也不愿意亏。分田和水都是热心肠的姊妹，不愿看见别人为难，将票接过来，正来反去验了几遍。那妇女又说要送她俩进检票口，保证不会是假票。人家都把话说到这一步了，还有什么可怀疑呢？

事后，分田也猜疑过这女人，想她会不会与拐她们的一伙有关系？想来想去，事情还是出在手机上头，联不到她的边。所以，这一个插曲，看起来有点玄，事实上，却没什么，她们不是顺利地上了车？车，正点发，喇叭里广播的终点站，果然就是商丘。到了商丘，正是分田对象说的那时间，天还蒙蒙亮。她们出了站，买了去徐州的票，就打听哪里有投币电话。问了几个人，都说得不准，白奔了几次。分田急了，拉了一个人说：到底哪里才有电话？那人停下脚步，看了分田一眼，然后就从口袋里掏出手机，说：借你打一个。分田后来检讨最多的实际上是这一拉，她想：怎么能在大街上随便拉人呢？这就给人一个轻率的印象。当时，她自然没想这么多，接过手机，却不知怎么用，那人就帮她拨了号，再让她说话。从手机里传来的声音，初听起来不大像，再听听就像了。她告诉他，她们已经到了商丘，车票也买好了，几点几分的。他就说，她们下了火车，从地下道出站，他和战友就在出站口等她们，"不见不散"。他最后说了这么一句，带着一种新颖的潇洒派头，代表着他正身处其中的开放生活，分田觉着既陌生又喜欢。经过一昼夜的周折，此时她俩都不觉疲乏，也不觉着这人地生疏的城市有什么可畏惧的。她们虽然没大见过大世面，可毕竟是读过书的，有着书本上的见识。所以，她们在嘈杂混乱的车站广场穿行来，穿行去，镇定自若的，买包子，买水，买路上看的杂志，还给分田那对象，以及他的战友买了一袋面包。她们看着一些奇怪的人和事，不觉可疑，只觉好笑，并且因为心里高兴，还因为不在村里，身边没有认识她们指责她们的人，就分外放肆地笑。这一会儿，她们俩见什么都要笑。比如,看广场边放了一行课桌,坐了一排人,分明是一个报到处,什么报到处呢?牌子上写着技术学校,学习项目有孵豆芽,养蚯蚓,修理挤面机,可是就没有一个人前来报到。她们当然要笑。一个青年,穿一身师出无名的草绿制服,有肩带,肩带上钉铜钮,像军人,头发却留及耳下,几及衣领,就像中国军人。她们也要笑。再过过,又来一名同样的制服军,然后,第三,第四,才发现许多青年都是这副装扮,原来这地方就兴这样。她们更要笑。发展到后来,她们彼此之间,互相看看,竟也看出许多值得笑的地方。她们本来就是爱笑的姊妹,有时都能把人笑烦,人就说:笑,笑,哭的日子在后头呢!不料,这话也让他们说中了。

她们高高兴兴地度过了商丘火车站的等候时间,正点上了车,汽笛长鸣一声,往徐州去了。她们乘的是慢车,沿途每个小站都停,似乎还没停稳,就又动了,可是,车厢里却进了新人,又有几个方才的旧人,留在站牌下面,从缓缓移动的车窗前退下了。就这样,映在车窗上的太阳渐渐到了窗外很远的地方,停在收了秋的田野上,小小的红黄的一个球。田野变得很辽阔,而火车停靠的站台则变得很小,而且寂寞。但此时,以她们的心情,完全不能体味旅途中忽然间涌起的孤寂之感。她们只是略略有些嫌车坐得久了,说坐火车比做活还累腰。由于是这样的慢车,旅客的更替便很频繁,刚看一个大叔面熟,大叔却下了车。才与一个小孩说上话,小孩又跟他姥姥下了车。倒有几个长途的,看上去又不怎么面善,她们就不高兴搭理了。车上人时少时多,有一阵子,她们俩就独占一个四人座,两人面对面地,学着那些老乘车的男人,脱了鞋,将脚搭到对面座上。脱鞋时,才发现脚有些肿,而且散发出浓郁的怪味,是皮革和脚汗的合成。她们把腿伸直了,腰也放平,下巴颏抵在胸脯上,很舒坦,也很懒的样子。反正边上的人都不认识,管他们怎么看。两人互相朝着笑,说着大胆放肆的话。她们已经习惯了频繁的停车开车,新上的人也不大引得起她们的注意,她们自觉着已经是老练的出门人了。就在这时,车停靠了一个站,却不由使她们生疑了。

从车窗里向外看,站台上的气氛似乎要杂沓许多。几条铁轨后面,不是敞开着的农田,厂房或公路,而是围墙,就成了个正式的站,水泥站牌上则赫赫写了三个大字:徐州西。她们疑惑着是否这就是徐州,心下又觉着徐州站应当更宏伟一些。那么,徐州西这三个字且是什么意思呢?不过,她们基本还是确定在"徐州西"之外,另有个"徐州",就像"大王庄"以外,还有个"王庄"。可是,没容她们想定,车窗前却急急地跑来三个人,显得是沿了站台一路寻过来的,一边还用手敲着车窗。一看到正趴在窗前朝外望的她们俩,便大声问:是不是分田!两人一下子探出半个身子去了。接下来便是一阵忙乱,穿鞋,拿行李,收拾茶几上的食物杂志,和正挤进过道的人推搡。两人还没在站台上落脚,身后的车就动了。两人惊得说不出话来,互相瞪着眼,简直不明白到底发生了什么事。等火车一径向东开去，越开越快，转眼间变成一团白雾，白雾散尽，便没了踪影，她们方才定下神来。这时，她们注意到这站台的清静，围墙外是近晚云色有些乱的天空，立了三两根水泥大烟囱。站台上就站了她们这几个人。那三个人都穿了军服，关于军服，是分田后来反省的第二点，她怎么就这样相信军服呢？只要稍稍回想一下，在商丘车站，看见的那些穿草绿制服的长发青年，就可以知道，如今什么样的衣服，什么样的人穿不得？可她们就信了他们呢！他们说是那孩子的战友，"战友"两个字也是让分田相信的。还是那个意思，什么样的话，什么样的人说不得？他们说是那孩子的战友，那孩子接到紧急任务，要去执行，就委派他们几人来接站，并且，那孩子还突然想起，没同她们说明是在徐州西下站，所以，特别关照，要他们进站里去接。多险啊！差那么一点，就把她们错过了，回去可怎么向战友交代？三个人将她们的东西一分，她俩就空着手了，跟了出站。车站很浅，出门就临街，街上跑着车，还有人，骑车或者走路。车喇叭声、助动车马达声，甚至还有手扶，突突地冒着烟，天似乎陡地又暗一成，可明明街那头还挂着太阳。不过，太阳也是灰白的一个。噪音，空气中的煤烟，还有突变的形势，一起让她俩发蒙。有一时，分田犹疑地回头望望，身后那青年很礼貌地抬起手，做了个"请走"的姿势，很有"战友"的派头。于是，她又跟着走了。他们引着上了一辆吉普车，原来，其中有一人还是司机。这样，三个人中的两个人上了前座，另一人与分田、水在后座，然后开车了。车，很溜地掉个头，刮起一阵土，就朝了那灰白的、快落到街面上的日头开过去。此时，分田心里闪过一个疑惑：方才是从西向东，这怎么又向西，不是开回去了吗？就是这点疑惑，日后却给分田指了路。

分田到最后其实也没弄明白，她在那家做媳妇的，是在哪个地名上。巴掌大一片洼地，挤簇着十几座砖墙瓦盖的平房。可能是窝着的缘故，看上去，砖也砌不直，瓦也铺不匀。分田从没下过地，不知地又是怎样的地,只知道家家院里,屋顶,都铺了塑料布,布上是烟叶。想来是种烟,可却不像会伺弄烟的样子,那烟叶被露水打湿,都有些沤,散发出一股霉烂气味。颜色是一种青黑青紫,遮盖得这小庄子,越发显得疲乏。人,也是疲乏的样子,多是低头垂目的表情,说话是一种侉音,喉头噎着似的,听起来就很耿。穿着又灰暗,尤其是下雨天,七扭八拐的泥路上,挣着腿脚,身子乱歪,真觉着快要烂到一锅里去了。分田倚着门,望着灰蒙蒙的村落,心里郁闷极了。屋里的灶底下,留三,就是买她的那男人,留三他妈在烧锅。满地碎草屑,碎豆棵,人就在上面歪着,就像趴地上一样,对了灶眼吹火,越吹越倒烟。此地用的灶也不对,烟道从灶后面大大地转一个角,上去,只伸出屋顶一小截,大约是为屋里暖和,又为省烧草,可不就容易倒烟了?屋顶本来就矮,至少比分田那地方矮三砖了。于是,顶上椽子便熏得漆黑,屋不像屋,像洞。分田看着留三娘吃力又笨拙地做着这些,并不伸手去帮她，心里只觉着厌烦。留三娘都不敢同她说话，从她面前过，也是低着眼睛，快快地挪着步。留三走路也活脱是他娘的步子，显得腿短。事实上呢，也许并不短。可能是因为，总是生活在逼仄的地方，不仅走路矮着腿，还缩着身子，胳膊肘和腰长在一起似的。留三也不敢看分田。早起和他爸一同去地里，分田还蒙着头大睡，等傍晚爷俩回来，依然是他娘给端上一盆水洗脸洗手脚，再摆桌盛饭。分田呢，或者早已经吃了，或者就盛上到屋里自己一个人吃。她坐在屋里，多少有些占着屋的意思，留三就不敢进。这屋在晚上，电灯底下，显得还比较明亮。此时，分田的心情相对白天，也平静了一些。她四下打量，地上铺了水泥，用旧报纸糊了顶棚，四壁刷了石灰水。有几件家具，一个大立柜，门上镶半截镜子，油黄色。一架床，床上网了帐子，天气是方才入冬，这帐子就显出一点奢侈的意思，显露出娶媳妇的能耐。地上还有张桌子，带抽屉，面上放了镜子，梳子，擦脸的霜什么的。墙角立了脸

— 100 —

盆架，窗户上挂了布帘子。麻架，桌腿，立柜的几个角，还残留了原先包裹着的旧布，旧报纸。分田想到，这家具备下有日子了，就等着人呢！可是这个念头并不会让她心软，相反，更是火起，她怎么就进了这么个窝囊人的屋！她听见堂屋里他娘在催他进屋，训他，他申辩着。两人说话都嘟嘟哝哝的，不清楚，好像没有字音，只有声气。后来，他娘进那边屋了，只剩留三一个人在堂屋里，摸摸弄弄磨蹭，就是不敢进屋。此时，灶里最后一点余烬也灭了，烟道凉了，实在抵不过夜寒，方才蹑着手脚进屋。再是多么不像男人的一个人，分田不由也会起一层鸡皮疙瘩，紧张起来。

　　分田不敢脱衣服，和衣裹在被子里。留三却也没有碰她的意思。在另一头，也裹紧一床被子，睡下了。这庄子的夜晚静得连一声狗吠都没有。分田浑身燥热，几乎透不过气来，她甚至希望这人来招惹她，好叫她踹他，撕他，唾他。可是没有，他一动不动，裹得比分田还严实，就像一个大石砣子。

在这大石砣子里面，不仅是木呆，还有着一种持之以恒的决心，这决心因为愚顽而变得更加可怕，似乎是，你终于撼动不了它的。有几次，分田非常危险地，用脚去踹他，他竟也不动。分田控制不住了，跳起来，站在床上，对了这大石砣子，又踩又踢，终于将他蹬到床底下去了。这情景看起来，很像一对闹气却恩爱的小夫妻，床的响动也叫住那头的大人放心，而分田却觉着，自己快要疯了。她颓然坐倒在枕头上，那大石砣子在床底下，纹丝不动，黑乎乎的一堆，不知多少时间过去了。分田从床上下来，穿上鞋，跨过大石砣子，径直往门走去。她竟忘了门是从外面锁上的，一直要到第二天早起，留三喊门，他娘才过来开锁。她砰砰地擂了几下门，没有回应，整个庄子都像死过去了。再又回到床上，已经感到了冷。她打着寒噤，缩回被窝，裹紧了，不知不觉进入睡梦。很多个夜晚在这样的冷热交替，梦醒不辨中过去。入冬了，不知什么时候起，屋顶上，院子里的烟叶收净了。树枝，地头，路边，最后一些绿意也收净了，村落变得干净了些，却更寒素了。留三家依然不让分田出门，也没有人来串门。分田倚门坐在板凳上，看着村道上蠕动的人。在冬日少雨的天气里，村道变成一种硬崩的灰白。分田娘烧尽了草，换成烟煤，用一架破风箱烧火，于是，屋里便充斥了风箱枯干刺耳的开合声，咕兹咕兹。煤烟布在空气里，越是晴天越觉着脏和呛人。没人和分田说话，分田也不和人说话，她快变成哑巴了。原先她是个多么爱说爱笑的人啊！

晴冷几日，天奇怪地暖起来，阴霾却一日重一日，分明在作雪。留三和他爸在做出门的打算。从家人的只言片语中听出来，他们是要去邻乡一家窑厂做活。而且，庄上有不少男人一起结伴去。虽说依然没人来串门，这家人依然少言寡语，可还是有一种骚动，在沉闷的生活底部，微微地震荡了。留三娘架了个鏊子摊煎饼，屋里的煤烟味里加进了浆子味和豆棵味，留三娘又拆洗父子俩的被褥，再絮上新棉花，一针一针行上，空气里便飞扬着白生生的絮花，还有线头；父子俩则很奢侈地买了几斤酒，餐餐喝几口，他娘就给做葱花蛋和熬骨头，屋里又有了些膏腴的气味。这一些都使这家贫瘠又枯乏的农户，增添一种较为活跃的气氛。动身前一夜，留三似乎流露出想碰分田的意思，在这颟顸的人，亦只不过是表现在一夜的辗转反侧。分田紧张地流了一夜的汗，紧紧地裹住被窝，听见自己的心擂鼓一样跳。这一夜终究安然度过。分田没有像往常那样，等留三起来很久才起床，而是在留三起来之前就起来了，她很难再在床上挨下去，这给大人一种她给留三送行的印象。分田坐在门口板凳上，留三从她身边擦过，到灶门取出温瓶，倒进脸盆，然后双手抄起水扑到脸上，呼啦啦地洗了一气。分田头一回注意到他做事还有着一股泼辣劲，却是被木讷的外表埋住了。她看见他洗红的脖梗，以及耳后的一片地方，散发出腾腾的热气。这是留三留给她最后的也是唯一的印象。

留三父子走了，庄里有不少几户男人也走了。

男人少了倒不觉得，却觉得女人多了。女人们进出走动似乎比往日频繁了些，有时就立在村道上说话，可说好一会儿。说话的声音挺响亮，女人家的衣服也比较男人的鲜亮，这个寒碜的小庄子，由此变得活泼了些。留三娘还是寸步不离分田，但分田坐在门口看见的风景，多少要有些变化。天下了层细雪，村落蒙了削薄的白，显得洁净了。可是很快，又弄污了，化了或者踩了一片黑，一片灰，满是破绽的样子。日头又浅浅地从阴霾里透出。这一日，村道上忽有一些动静，说是动静，其实就是有三两个人往村子南边快步跑去。分田不由得欠起身子，向前探探头，可正在门前晾晒烟籽的留三娘却陡地转过身，向她扑过来。总是悄无声息，矮着身子挪动来挪动去的女人，此时此刻敏捷得像一头兽。她依然是矮着身子，就像从地上匍匐过来，几乎是"嗖"一下到了分田跟前。她伸出一双青筋暴突的手，紧紧握住分田的两只脚踝，像是要将它们按进地里去似的。分田吃惊地一站，没站稳，伸手把住了门框。

留三娘还是按住她脚踝不松手，歪过头去，哑着嗓子喊了声。分明看见了她的眼睛，睁得很大，惊恐而且凶狠，也像一头兽，心中又是一惊。应着她叫喊，门外又过来两个女人，一左一右携住分田的胳膊，三个人齐心协力将她往门里推。分田忽有些觉出，庄上一定出了什么事，是她们害怕她分田露面的。越过门前院子，台子下村道上又有几个大人，往南边去。南边的岔道口有一棵槐树，落了叶，树杈杈后面似乎有着什么骚乱。分田死力把住门框，不退进屋里。那三个人则把住她的胳膊、脚，叫她立不稳。分田便改变战略，她松了手，却把身子向前倾去，几乎是背着手翻了个跟斗，从留三娘头上翻过去，就地打两个滚，滑下台子。她还蒙头蒙脑地，已经在了村道上。她踩着硬实的土路，一径往南跑去，身后是三个女人的嘶喊。她听不明白她们的话，但声音的绝望叫她害怕。她跑到槐树下，却并没有人，左右两边的砖平房静静矗着，没有动静。方才的骚动已经过去了。或者说根本没发生过，只是分田的错觉。而且,一旦走出屋子,分田才发现她对这庄子一点不了解,完全不知道哪里是哪里。后面那三个女人跟上来了,并且分散开,像张开一面网,从各个方向去断她。正在这紧急关头,分田听见一声汽车喇叭声,在这空旷的小村落里,既隐约又清晰。分田辨出喇叭声是从东面过来,于是又转向东跑。东边有一口井,井旁站了留三娘喊来的女人,正张开胳膊等着逮她。分田直跑过去,伸出胳膊一挡,险些将她挡进井里去。分田此时简直力大无穷,而且,非常快乐,就像要飞起来似的。汽车又鸣了声喇叭,还有发动机声,她已经看见了吉普车绿色的顶篷,停在又一面台子底下的村道上。她攀上台子,终于看见一堆人。她惊愕地看见,这背静的小庄子里竟有着如此多的人。

人们簇拥在一座砖墙瓦顶的平房前,其中有两名城里人打扮的女人,还有一名穿制服的公安,他们辖住一个女子,正从人群里往外挤。那女子,分田见过几回,头一回从村道上过,分田以为是谁家的孩子，但觉着长相与此地人有些不同，长了一个宽额头，额头下是一双极大的眼睛。她从留三家院子底下过的时候，抬起眼睛往分田这边扫了一下，使人觉着挺机灵。后一回见时，分田却看见她衣服前襟撅起来，好像有了身孕，才知道是个小媳妇。这时候，她身子更显了，由那两个干部样的女人架着胳膊往外走。分田心里明白了大半，她抢前一步，奔下台子，几乎是跌到吉普车跟前，拉开车门，坐进去。等那一拨人拥了小媳妇坐上车，分田向他们声明，自己也是被拐卖的妇女，要求与他们一同走。他们本还想细问，但形势已经不容多留，村人们团团围着吉普车，虽只是沉默着，但谁能预料得到下一步会发生什么？他们只得坐挤了，关上车门，车一动，沉默的人群让开了道，油门加大，车在土路上蹦了老高，落下来，再蹦几下，开跑了。人们松下一口气，而分田却筛糠似的抖起来。哆嗦着，她看见挤得黑压压的车厢里，那小媳妇向她投来的眼光。在她布满孕斑的小脸上，那双眼睛更显得格外的大和锐利。分田后来一直想起她,看上去,她比自己要年少,却那么有主意。她从更远的四川被拐到这里,就有办法将自己解救出来,还把分田给捎带解救了。

分田收了秋走的,回来正赶上过年,前后不过三个月,可村里人却好像不认识她了。见了面就很生分地笑,还谦让地偏过身,让她先走,嘴里说:回来了?一出口又觉不对,想分田并没有出嫁,回什么回?回门子吗?过年了,那些外出打工做活的回家来,村里人都会很积极地问外面地方的人和事,有少不更事,或者问滑了嘴的,也问分田"徐州的地场如何",不等回答已经知道错,赶紧收住,讪笑着走开去。还有馋嘴的小孩,伸手向分田讨糖块吃。从外面回来的人,都给小孩子发糖块吃,给大人发的是烟卷。小孩子也叫大人拉走了。甚至,连她娘,也像是不认识自己闺女了。有一回,分田走在前头,无意一回头,见她娘正盯着自己的后背影看,来不及撤开眼睛,窘得红了脸。又有一回,她梦里一机灵，睁开眼睛，见娘伏在她脸上，紧张地瞅着什么。分田其实心里隐隐地明白，娘正打量她什么。老年人有许多种说法，是关于姊妹和媳妇的区别。在村里人欲说还休的表情里面，所顾虑的也还是这回事。关于这点，分田心里是坦然的，她自己对自己说：谁说也不算，自会有人说了算！这人是谁？就是她对象。想到此，她不禁有些骄傲起来，她分田是对得起那孩子的，没有叫他丢脸。那些日日夜夜，她是怎么熬过来的呀！分田有时候很想与人说一说，可是怎么说呢？整个事情是那么复杂，连分田自己都理不清，一团乱麻里究竟哪个是头？倘若不是身临其境，无论如何是不能听信的。只有一个人能听信她，就是水，然而，水在什么地方呢？

分田到水家里去了几趟，说明当时的情况，表示自己的歉意。对水，分田感到万分抱歉，倘若不为了陪她去徐州，水是不会遭人拐卖的。所以，她感到水的家里人，是她回来以后最难面对的。她带了几卷粉丝，特别说明是她哥带回来的，她哥同人合伙开着一个粉丝厂。分田不由得也受了村人的影响，觉着像她这样从外面回来的人，是不适合带东西送人的。水的大人，木着脸听分田说，说到徐州西下车这一节，便张口拿些旁的事情问，问她哥的粉丝厂如何？他们家的提留款交齐没有？分明是截分田的话。分田并不觉着他们对她有太大的怪罪，而是，有一种难堪。他们分明流露出羞惭，这使分田联想到自己家人的态度。从水家里告辞出来，分田心想总有一天水落石出，那孩子会还她清白的。她已经给那孩子发出一封信，这封信写得很费周折。本是应该交代一下情况，可一旦交代起来，就好像在作辩解，心里忽涌上无限的委屈；分田是个坚强的姊妹，从遇上事情后，想的多是如何对付，并没有觉过委屈，可现在却不同了。那孩子好像就站在跟前，她刚要开口，就哽住了。她怨艾地想：她又没有做错什么，为什么需要辩解呢？这股怨艾很奇怪地使分田的心情变得温柔起来。最后，她免去了整桩事情的过程，只是说：由于意外的发生，推迟了我们的会面。然后报了平安，再嘘寒问暖一番，最后写道：你什么时候能回来呢？写完这一句，分田不由叹息了一声。现在就靠你了！她在心里说。想到自己还能靠个人，心里又是一阵温存。可是，紧接，又想：水靠谁呢？是啊，水，怎么办呢？于是，下一日，她又去了水家。这一回去，她对水的家人说了那个四川女子的故事。说她如何在那家人的监视下，偷偷地带出一封信，给她四川的家人，她家人就和当地妇联，还和公安联系，将她解救出去了。所以，分田对水的父母说：你们可以与徐州的政府联络，说女儿就在那一带被拐卖了，一定能救出水。水的父母很入神地听分田说这个勇敢的女子的故事，一直没有打断，但等听到分田提出建议的此时，水的父亲则说了一句：嫁哪里不是嫁？分田说：水一定等你们救她呢！她娘抹起眼泪，抹了一时，却是说：那四川女子的孩命苦了。分田又一次黯然地退出水的家。她想水比她小两岁，平时就没什么心眼，能抵挡得住吗？可是再想那四川女子，黄瘦的小脸，一双灼灼的大眼睛，似乎又有了信心。

十五那一日，分田的姑来了。看见姑，分田不由红了脸，她恨自己没出息。分明是由姑而想起了那孩子，再想起那孩子有信了。因为生气，分田的手脚便重了些，端板凳，倒茶，煮糖水荷包蛋，噼里啪啦的。姑呢，该生气的，倒没有，而是很不安，看侄女儿脸色的样子。分田撒气似的忙完，就被她娘差去集上买活鱼准备待客菜。分田骑着自行车，从村子中间穿行过去，再上公路。集是个小集，二里地远，因逢元宵，竟也很热闹，有卖兔子灯的，粉黄身子，大红眼睛，底下木架上镶了轮子。分田买了两个，自己侄子一个，再一个让姑带给小表弟。这样，她又恨自己了，恨自己巴结姑。可轮到买鱼时，她还挑大的欢的，于是就再恨自己一回。就这样，车把上挂着活泼乱蹦的鲤鱼，还有卤肉，酱猪蹄，烧鸡，白肝，一包山楂糕，专做一种元宵的馅。后车架上，一边一个搭着两盏兔子灯。心里揣着恨恨的气，分田飞快地踩着车回村去。姑却已经走了。

娘红着眼睛,显见得哭过了。爸呢,倒是笑着,却比哭还难看。分田一看这情形,心里明白了大半。她下车,支好,将东西一件件放下,然后卷起袖子,提起鱼尾巴,往机井台上"啪"一摔,说:杀鱼哕!鱼鳞在刀刃下飞溅开来,雪亮雪亮。这一餐饭,全是分田一个人操持,八盆八碗,还有元宵。分几种馅,芝麻的,山楂糕的,猪油白糖的,搓成一般大小,然后在匾里滚。天黑时,分田点上兔子灯,小侄子一个人牵两盏灯在院里走,木轮子拖着地,磕楞磕楞的,挺热闹,却又显出冷清。

分田姑这么一来一走,村里人就都知道,分田的对象吹了。人们看分田的眼光,都带着怜悯。而分田倒比往常更快活,话更多,笑得更响。一边笑一边用眼睛扫着人,眼睛里的意思是:谁吹谁啊!要放了过去,人们就又要说她癫狂,说:笑,笑,哭的日子在后头呢!可现在,谁也不敢拿这话说她了。而且,这话想起来,都是有些诅咒的意思,更叫他们不敢想了。所以,不由自主地,人们都有些躲着分田。要是正走个对面，那么，眼睛就躲着。这很叫分田恼怒，有意迎上去，追着人家眼睛说话和笑，甚至找到人家里去，坐着说和笑。就像要逼人家承认，她分田是没什么的。村里人家还不够她串，她骑着自行车，到邻近庄上的中学同学家去串。分田的事，早已在这一片地方传开了，可都是耳闻，等人到跟前，不由要吓一跳，想：她竟然在这里！这时候，分田又成了个稀罕人物，人们都过来看这个"同学"，脸上带着好奇的渴望的表情。在这一团热闹中，分田则感到孤独了。她能说什么？说什么是人们懂的？于是，她又很快离开了这个村子，这个同学；向下一个村子，下一个同学那里去。遭遇都是差不多的。分田这么疯跑，她爸她娘并不说，由她去。她哥去粉丝厂了，这回连她嫂子也一同去了，留下小侄儿。家家都在锄麦子，浇麦子，她爸她娘也不派她这个闲人去，而是自己掮了锄子，下那三亩七分地。这反而叫分田着恼，她夺过她爸手里的家伙，推开院门，一个人去了。

地里的麦子，有一拃高了，青绿青绿的。分田家这块地分得好，在阳面。这里多是岗地，阴面和阳面就很重要，离水近和离水远也很重要。分田家的地呢，正临沟渠，收了麦，即刻可引过水来整水田种稻。联产责任制，得这块地，正是生分田那年，所以才取名叫"分田"的。也所以，爸和娘都特别疼这个闺女，倒把长子，她哥忽略了。也因为此，她嫂嫂不高兴。幸亏她哥罩得住，还不至于发生什么龃龉。照理，这是一个幸福的家庭，可现在，情形全不同了。分田一个人立在麦苗地里，觉着这片地有无限大似的，而且有无限高，顶着天，天地间只有她分田。这几日，都是在聒噪中度过，这时静下来了，分田都听得见锄板划拉土时，冬眠的小虫子四面奔跑的响动。太阳迎了脸，上了头顶，又到了背后。锄过的地，虚着眼望去，就像抹了一层油，深黑，衬得上面的苗更显青翠。太阳走过，将地留在余晖里，又改了一层颜色，黑和绿都变黄了。分田锄到地边时，暮色已经起来，降下一层薄灰。分田提起锄子，往家走去。细溜溜的风贴了地，从麦行间走过，麦苗弯曲着，发出轻柔的窸窣声。

第二日一早，分田骑车往韩集去了。天还没大亮，路上已经跑着汽车和手扶了，从她身后超过去，将风声和马达声灌满她耳朵。分田并没有想这是和水一同往徐州去的路，因为人和事都改变太多了。她一路骑到韩集车站，搭上往县城方向开的中巴，车上座位都有人了，她就坐在一麻袋花生上面，分田在县城下了车，顺了人指点，到了县政府，又顺了人指点，到了妇联办公室。妇联办公室里坐了两个女干部，多少是敷衍着接待分田，可分田的故事很快叫她们入迷了。她们放下手里做着的零碎事情，专心听分田讲述。这是分田头一回完整地叙述她的经历，她很惊讶自己能把事情说得那么清楚，就好像讲过许多遍了。事实上呢，她连完整地想一遍都不曾有过。她还惊讶自己能那么冷静，就像是讲别人的事情似的。当然，两位女干部聆听的态度也鼓励了她。她说了事情的全过程，又说了后续发生的退婚，最后，她向二位妇联干部提出请求，能否以妇联的名义，和那孩子写一封信，劝告他收回自己轻率的决定。二位干部对分田表示了莫大的同情，一口答应她的请求，并且进一步允诺，倘说不转那孩子，就同他们部队联系，当然，现在暂且给他留点面子。分田走出县政府院子，还有兴致逛了趟街，再往车站走。回去时，她是坐在一袋化肥上面。这是第一次往返县城，往后，还会有第二，第三，无数次。她很快就会将这条路跑熟，还会将去县政府的路跑熟。然而，随着她一趟一趟地跑，事情则变得越来越没指望，妇联二位同志的热情便也在逐渐降低。她们给那孩子发出的信，不久就有了回音。那孩子信上说，家乡的组织对他个人问题关心，很表感激，但分田与他的关系尚处在互相了解阶段，并未做决定；在他们的关系中，双方都是平等的，不存在谁抛弃谁的说法；现在，他认为他们都还年轻，前途广大，还是暂缓婚嫁之事为妥。妇联的同志几乎要被他说服，但依然坚持着不变，又写去一封信，强调了农村风俗的约定性现实，他们既已通了聘礼，众人就都视为婚约形成，应照顾女方在此环境中的舆论压力；还强调了分田在事件中受害者的地位，希望他本着一个军人的职责，体恤爱护分田。那孩子很快又来了一封信，看起来，他挺热衷这样的笔墨官司，尽情发挥着他的辩才。信中针对妇联同志的说法提出意见，第一是关于移风易俗的必要性；第二则谈到了爱情。他尖锐地指出，同情不等于爱情，这对分田亦是不公正的。妇联又去了第三封信，这封信中多少流露出理尽辞穷的急躁，以与部队组织联系为警示。于是受到那孩子礼貌却严格的批评：当以理服人，而不当以行政命令压人。每一封信，妇联同志都让分田过目，分田每看完信，就都发表一通道理，要比妇联的信雄辩得多，使她们觉着自己软弱无能。说实在，她们是被缠进去了，搅在他们中间，左右不是。她们觉着这两个男女真是一对，可惜天不作美，出来这档子事，拆了姻缘。最后，她们还是向那孩子的部队上发了公函，部队也以公函回复，说经查明，他们这位战士与分田只是恋爱关系，不涉及婚姻，还搬出婚姻法中有关恋爱自由的条款，婉转地驳斥地方妇联的指责。妇联同志将这封公函的复印件交给分田，表示事情到此结束。分田不服，又去了几趟，妇联的同志便开始推，接着是躲。终于有一天，分田吃了闭门羹，悻悻地离去。

现在，分田只剩下最后一个机会了，那就是等那孩子来探家。上一年就定好，今年七八月轮到他探亲。分田至今心里还疑惑，那孩子真会如此无情？她必要那孩子面对面地说这话，她才能认。麦子长高了，抽穗、灌浆，尤其是她家阳面上的，又比各家早熟了一成，麦芒在太阳里闪闪发光。西南风连吹三天，早起露水一收，就下镰了。崩脆的麦秆一碰刀刃，便齐齐地断下。分田一个人包割，她爸在院子里碾场，她娘负责做饭，侍弄怀了崽子的老母猪。麦子熟了，菜园子里的瓜啊菜啊也熟了，藤蔓爬了一架。村里人合伙请了石匠，给村头村尾几盘大磨开齿，等着推新麦。邻村有人家开了挤面厂，可村里人，尤其是老人，多是喜欢石磨推出来的面，嫌电推的面有机油味。村里地里都是一派喜气的景象。再过过，麦子上场，打下，晒干，霍霍的磨盘声从村头响到村尾。猪下崽子了，总十二口，一出月，挑猪苗的人就上门来了。分田见人来，就把她最喜爱的那只往屋里撵，不叫人挑走。她暗地里给那猪苗取了名，就叫那孩子的名，一边撵，一边在心里骂：某某，往哪里去？挨刀子的某某，往哪里跑？有时一把逮着它，将它那圆滚滚的身子搂起来，再放下地，心里说：狗养的某某，跑不了你的！接近七月的时候，她去了趟姑家，送去她蒸的新馍。七月根下，她又去了一次姑家，送去院里新结的茄子和圆葱。八月头上，她再去姑家，带去的是她最疼的小公猪，短嘴，长身子，特别能吃食。她最后抱它一下，放它在姑家的院子地上，四下嗅着，周围折折一路嗅到猪圈去了。姑为难地看着那喜人的家伙，说了一句：分田，那孩子不来家提亲了。分田扭头就走，自行车哐啷啷推过门槛。有种就不要躲！分田在心里大声地嚷，眼泪流了满脸。她抬着脸，让迎面的风尽情地吹来。自行车有几次从干硬的车辙上一跳老高，她也不放慢车速。从出事以来，她还没哭过呢！现在，她要狠狠地哭一把了。

几天以后，分田出门了。她对爸妈说，有同学在菏泽开了草编厂，她去那里找工做，又问爸妈要下卖猪苗的钱。二位大人没有反对，虽然前一次出门引了大祸，可是不出门又怎么样呢？他们很清楚，分田在家里过得不舒心，又没着落，他们不知该拿她怎么办。闺女大了，又很有主意且落在这么个僵局里，就实在不由人了。

八月的天，虽然还早，暑气已经蒸上天，但有风，就比较爽利。分田拿来小侄子的遮阳帆布帽戴在头上，头发拢在脑后扎一个发橛子，看上去就像一个俊气的少年。因是迎着太阳，她不得不眯起眼睛，这使她的神情显得很坚定。她往韩集去搭车。身后有手扶过来，开手扶的人喊她几声，要捎她。

她没答应,那人以为她没听见,就过去了。分田到韩集上了中巴,这趟中巴就是往大王集去的。到大王集再换长途车去曹城,长途,车离开车站,一拐,分田看见了上回与水,还有林同学,一同吃饺子的饭铺。一个简易棚子,顶上铺着油毛毡,檐前伸出条纹尼龙布的凉棚,底下放了几张案板,几条矮凳。吃饭的人总是下车或上车的人。身边放着包裹行李,头脸都蒙了土的样子。而且不问早午晚,总归有吃饭的人。这也是出门人的一个特征,抓住时机,有吃就吃。车往曹城的方向去了。太阳老高的,车厢里烘热,一旦开快,风就鼓进来了。路边有些小厂,吐着烟,一到半空,便化在日光里面,无影无踪。到曹城转上了火车。她还是按上回与水一同出行的路线与时间,但没有出现上回的事,一个妇女退票给她俩。这一回的旅程,要平淡得多,没有一点插曲,但是却有一种确保抵达目的地的决心在里面。分田一路上没有与任何人搭话,也没瞌睡。她眼睛望着车窗外快速移动的景物,心里有一丝狐疑,虽然程程按上回走的一样,怎么情形竟一点不像了?那些树,田地,房屋,岔出去的路,路上的人,却显得清寂,而且疏远。车到商丘,商丘车站的喧嚷,也变得隔一层似的。分田在其中穿行,碰碰撞撞的人和行李,还有吵骂声,就像是在另一个世界,与她分田无关。那教授孵豆芽、养蚯蚓的技术学校招生处还在。但到底季节不同,人换了装束,换成一种前边一片蓝色塑料瓦,后面一圈白色松紧带的遮阳帽,不时从人潮中冒出这么一顶,迎了太阳反一反光。这是又一天的早上了,斜在广场地面上的太阳光已经很酷烈,而且没有风,只有汗气。分田并不急躁,在一个水泥花坛边占了个立足之地,耐心地等着放站上车。她已经是个老练的出门人了,有一些旅行经验,不用思量,自己就涌上来。终于上车,车厢里到底凉快宽敞一些。等到开车,风就越来越激烈,不得不将车窗拉起大半。虽然一夜没合眼,分田却并无倦意,她睁大眼睛,看着窗外。在她平静的外表之下,其实保持着极大的警惕。这个看似安稳的世界，说不定是这里还是那里，就潜伏着想不到的危险呢！太阳从车厢的南边换到北边，再从北边换到南边，在这交替之中，还有停和开的交替中，日头渐渐到了远处的田野上，火红的一盘，由于空气清澈，边缘分明。分田在徐州西下了车。她随着并不多的下车人出了站，立在了马路上，她站住了。她抬起头，茫然地回顾一圈。已是五时许，但因是天长，日头还在较高的小半空。她看见了那一轮红日，比方才车窗外的要小一些，亦昏黄一些，光却依然是炽烈的，有一种稠厚的热量。分田心里一惊，这是整个旅途中，她唯一找到的熟悉的东西。虽然颜色、光度、高低都与前一回所见的有差别，可就是它！记忆陡然鲜明起来。

当时，分田不是就想：方才是从西向东，这怎么又向西，不是开回去了吗？然后，他们在公路边一个饭馆停下来吃晚饭，那饭馆名字是叫"霞姐饭店"。那三个人与她俩说，他们所在部队说是在徐州，其实是在离徐州多少里外，他们战友特别关照他们别让分田二位饿着了。那老板娘,大约就是霞姐了,看起来与他们熟识。其实,这时候,分田就有了第二个疑惑,她想,当兵的都是来自四面八方,平时管束也很严,怎么会与一个路过饭馆的老板娘有交道呢?可她亦没有深想。吃饭时,她面朝门坐,见路对面有块霓虹灯招牌,亮着"丁楼浴城"几个字,在灰暗的渐黑的天空中,挺显眼的。现在,分田站在路边,略一思忖,便回进车站,到售票窗口,看价目表上的路名。她本可以去问人的,可她不是老练了吗?她倒也不是不相信一切人,可是这一切人中,说不定就有一个是骗她的。价目表上的地名没有"丁楼"两个字。她并不着急,站在路边,吃了一个从家里带出来的面包,买了瓶水,喝了。在她吃喝的时候,不时有人来招揽生意。有拉她吃饭的,有拉她住店的,还有拉她乘车的,她一概不回答。那些拉乘车的问她去什么地方,她也不说,生怕说得不对,露了人生地疏的破绽。谁知道呢?也许"丁楼"并不是个地名。但是,有一个揽客的车主却引起她注意。那车主举了一块牌，喊着"往西去，往西去"地过来，牌上一串地名中，有"干楼"两个字。分田想，说不定是她看走了眼，将"干"看成了"丁"。她又想，反正是往西，沿途看见有那日的情形，随时可下车。于是她便随那人去了。一辆中巴上坐了三两个人，车主自然不甘心开走，继续四处拉人。天黑下来了，空气中含了煤屑，反射着灯光，反而有一种微亮，使那黑变得模糊。车主不舍得开灯，人脸隐在黑影地里，看起来十分的暧昧。分田并不胆怯，她已经不知道"害怕"两个字了。她沉静地坐在车门口的位置上，记得那饭馆是在路南，霓虹灯就是在路北。她望着车外面，一片坑洼不平的地面上，停了无数中巴，车主远远近近地吆喝，暗夜里听起来不喧闹，反是清廓，天地间很空旷。

当分田看见紫黑的天幕前，豁然映着霓虹灯的字形："丁楼"，她感觉到的是一阵软弱。她下车往回走去，迎着半里地外，"丁楼浴城"几个红绿大字，方才明白，那"丁"字本来是"干"，但灭了一根灯管，于是便少了笔画。果然，霓虹灯对面有个饭馆，门开着，灯光漫出来一小片，里面站了个小姐，很年轻，并不是那个霞姐。她向分田迎过来，到了跟前，却又停住了。在这个时间里，来一个单身女客，总是有那么一点奇怪。分田微笑着跨进门，虽然看不清店招牌，可她确定无疑，就是这里。小姐犹豫着问：吃饭吗？分田不回答，兀自走到桌边坐下。就是这张桌子，没错，铺着塑料布，布上印着牡丹花和水草，这两种物件说什么也碰不到一起的。小姐送上一张菜单，她不接，而是问：霞姐呢？小姐的神色变得不安了，反问道：霞姐，哪个霞姐？分田并不驳她，而是很有把握地笑了笑，说：我与霞姐约定好的，我等她吧！小姐退去了，很快又回来，说：真没有霞姐这个人。分田不理她了，管自坐着。店堂里没有客人，听得见公路上载重汽车开过去，车轮与路面摩擦的声响，很剧烈的。没有车停下。店堂里只有分田一个人坐着，后面，大约是厨房还是客房,一片寂静。中间,小姐给送上一壶茶,分田便喝茶。这样僵持着,大约有半个钟点光景,小姐出来说:我们老板说,天这么晚了,我们后面有客房,可以住宿。分田说,你们老板呢?我能不能认识认识。几乎应声而出,一个女人到了跟前,怪小姐冷落了客人,问分田要不要来碗热乎的喝了,再歇下。分田看清了那女人,似乎与"霞姐"是两个人。其实,她原也不记得霞姐长什么样的了。可她心里断定,这女人就是霞姐。她迎着她脸叫了声:霞姐。霞姐怔一怔,立刻回过神来,烁然笑道:想叫就叫吧!她们可不敢这么叫,是我娘家的乳名呢!分田说:你认得我吗?霞姐说:认得,认得,要不你怎么会叫我霞姐呢!分田见她搪塞,干脆把话挑明:去年秋季,有三个军人,说到"军人",分田又笑一下,三个军人和两个姊妹就在霞姐店里吃饭呢,比现在早两个钟点从这里走出,那两个姊妹就叫拐卖到了两处地方,再过后,其中一个解救了,这一个就是我。分田直看着霞姐的脸,霞姐再油,脸面还是有了变化。分田接着说：那一个是我妹妹，我要把我妹妹也解救出来，我已经在妇联和公安都挂了号，随时可以同他们联系。分田一口气说完这些，霞姐已经镇静下来。她究竟见多识广，一个女人家在这路边开饭店，什么事没经过啊！她关切地问：你妹妹拐到了哪个县？哪个乡？哪个庄？分田说：不知道。霞姐就叹了一口气：那就难了。分田说：你霞姐难道不知道吗？霞姐明知她话里的讽意，却并不对嘴，只是很坦然地说：我不知道。分田倒不知道该往下说什么了，停了停，说：我就住这里了。霞姐热情道：住下，住下，明早再走。可明早，分田并没有流露要走的意思，她又住了一天。接下去的几天，她也住着。说实在，分田是不知道该往哪里去，该做什么。但在霞姐看来，这个年轻的妹妹似乎很有心计，而且有着什么来头，她在这里住下来自有她的道理。所以，霞姐便有些不安。

分田住在霞姐饭店，因她并没什么地方可去，终日只是坐在店堂。她的所谓客房非常逼仄，放一张大床，就几乎没有余地了。房间倒收拾得干净，墙刷得雪白，一扇后窗挂一幅素色窗帘，窗下挤了一张条案，案上放了杯子、镜子、一些杂物。门后藏一个洗脸盆架，有毛巾，肥皂盒。床上铺了草编凉席，枕上也套了凉席，一床薄被是新浆洗的，处处流露出女性开店的仔细体贴。分田在这饭店里住下来，渐渐也看出一些端倪。每到吃饭时间，店里那个小姐就到路边去拦车，真正能拦下的车其实并不多，下车吃饭的多是一些老主顾，回头客。他们将车开下道，开到边上的空地停好，就进店来了。看起来熟门熟路。霞姐和小姐呢，也"张大哥""李大哥"一阵热切的招呼，一个端茶送水说话，另一个就下厨快切快炒，倒真有几分像自己的大哥回家来了。还有的"大哥"其实并不吃饭，而是径直去了后面，某一间客房里，此时，那小姐也跟着不见了，店堂里只剩下分田和霞姐。两个人都不说话，屋里静得可疑。有一两回，"大哥"看见分田，就说：新来的吗？霞姐立即将他话头截断，引到与分田远些的桌子就座。分田满腹心事,并看不出霞姐怕她。天又下起雨来,汽车从水滑光亮的路面上嗖嗖地过去。司机大约都急着回家,少有人下车打尖。分田看着雨出神,霞姐看着分田出神。到了晚上,霞姐终于忍不住,跟了分田进客房,先用毛巾将床档、条案及案上什物抹了一遍,然后问道:你那妹妹是与你什么地方分开?你又听得有什么消息,她是去了哪里?你要告诉我些线索,我才好帮你找人呢!分田望着霞姐,思量她话里的意思。霞姐大约二十八九,近三十的年岁,人很高大,头发烫成粉丝似的,在脑后高高抓起,穿一件带衬肩的大红连衣裙,立在灯下,有几分像庙里的金刚。分田几乎是坐在霞姐的暗影里,可眼睛灼亮着,霞姐倒有些发毛,冷笑一声:我真帮不上你的忙。说罢要走,分田却在背后开口道:我就不信你不知道!霞姐回过身,反问:我知道什么?分田也反问:你说呢?霞姐逼问着:说什么?分田再问:你难道不知道?两人心里其实都在想,她究竟知道什么呢?房间小,两人几乎是脸对着脸，呼气都呼到对方脸上。霞姐说：我凭什么要知道，欠你了？分田就说：不知道就不知道，急什么？霞姐说：谁急了？分田说：你，你急了！霞姐说：我看是你急。分田笑了：我急就我急。霞姐也笑：我看就是你急。分田点头道：我愿意急。霞姐也点头：那就好好地急去吧！两人再对着看一会儿，最后霞姐拉开门，眼睛看着她退出去，分田便在心里鼓掌：跑了，跑了，逃跑了！

她们这样僵持着，两人的心事都很重。分田一筹莫展，但好在没有顾虑，管他呢，反正是豁出去了。霞姐呢，当然有顾虑。店里住了这么一个客，本是那样的生意，怎么施展得开？所以比较起来，还是分田占优势。再僵持几日，霞姐又跟着分田进了客房，与她并肩坐在床沿，叹一口气，再一次问：你那妹妹究竟与你什么地方分开？有什么消息说她去了哪里？虽然是同样的话，可却有了讨饶的口气。分田都不敢回应，怕露出她其实什么都不知道，对方有什么也不肯说了。霞姐接着说：你看，你在这里，我们怎么做生意？这话多少有些推心置腹，分田回话：我又不是不付账？且像小孩子在犟嘴。霞姐不由笑一笑：你是付账，谁说你不付账呢？两人停了一会儿，分田冒了一句：反正我要找我妹妹。霞姐说：可你妹妹在哪里呢？分田说：我掘地三尺，也要找我妹妹出来！霞姐喝道：什么话？晦气不晦气！分田自知失言，竟出了一手汗，心怦怦跳着。霞姐放缓口气，说不定，你妹妹过得挺好。说罢起身出门去。之后，又是几天两人不说话，至此，已将近一个月的时间过去了。分田日日坐在店里，既不像客人又不像主，来人心里疑疑惑惑的，真有几回，过门不入了。又临到国庆日前，派出所加强治安整顿，打黄打非，连了几天，都有警察上门，看看，问问，记录些什么。逢到这时候，霞姐便紧张万分。有一日，警察还让分田出示证件。霞姐手里端了一壶茶，忘了放下，就这么站着，看分田掏出身份证，回了几句话，话里倒一句未提找她妹妹的意思。警察例行完公事，走出门去。霞姐端着茶壶茶碗送到门外，又走回来，方才发现手里的东西。她停了停，轻轻放下在桌上，说：我看你横了心要坏我生意，我也想不明白究竟怎么得罪了你，也好，我生意不做了，这就关门，你走吧！分田说：横心就横心，我不找到我妹妹是决不走的！霞姐就爆了：你找你妹妹与我何干？为什么赖上我，你给我走。分田让开她：就不走！两人绕了桌子转几个圈，虽然是认真的，看起来总有点像玩笑。分田说：或者，咱们找警察说话。霞姐道：你当真？趁没走远，去！隔了桌子，一把拽住分田的手，分田挣脱了，把她拉了一个趔趄。两人心里都不想找警察，做霞姐这样生意的人，自然越少与警察沾边越好，分田则是怕到了警察跟前反而露破绽，她并没有在公安挂上号，既没证据也没线索。两人站了一会儿，分开了，一个依然开店，一个依然不走。

又过了几日，霞姐来找分田说话，说：你到底说说看，当时带你们姊妹来的那三个人的模样，年纪，说话，我要帮你也要好帮。分田说：你还问我？

你应该知道。霞姐端量她一会儿,说:你这孩子真难说话。就走开了。分田倒有些动摇,想自己是不是该同霞姐合作,可谁知道霞姐究竟是什么人呢?要还是在试自己深浅,晓得她没什么线索就不拿她分田当真了。在疑惑不安的心情里过了两日,到夜里,分田已经上床了,霞姐却敲门进来,将一张字条放在分田被窝上:这是我打听来的地点,说那里有个外来的小媳妇,你明早就去吧,要不是你妹妹,我也无法了。说罢又加一句:千万别对人说是从我这里打听得的,吃我们这行饭,本不该长眼睛长嘴。她掩门出去,分田一个人坐在被窝里,做梦似的,久久回不过神。

第二日一早,霞姐将分田托交给一个卡车司机,让他捎分田一程,送佛一样送走。这位"大哥"显然是昨晚宿在店里,而且与霞姐似有几分情意,临走前,拉了拉霞姐耳朵上的金坠子,然后跳进驾驶座。一路上,他并未与分田搭话,将车开得飞快,大约开出有三四里路,他停住车,示意分田下去。

转眼,分田便站在了路边。路上有汽车往来,等了一时,招手停下一辆中巴,赶紧挤了上去。车下的路渐渐变成土路,颠得很,颠了一个时辰,下到一个站,接下去就是步行了。太阳高到头顶,庄子里炊烟的柴禾气,点火做饭了。分田不觉饿,也不觉渴,她已经想好了,那小媳妇要不是水,她就再回霞姐店里去,再坐着,等,不怕霞姐就供不出水的下落。走过一个庄,再走过一个庄,炊烟起了,又灭了,午后的寂静里,偶有一声鸡犬鸣叫,很满足的哼声。依着纸上写的字样,分田走进一个院子,陡然间,她以为又到了留三家的院子。其实这两个院子并无共通之处,这一家略要富一些,鸡在地上啄食,院里有几棵树,桃树,李树,还有柿子树。树下晾晒的衣衫也比留三家的颜色鲜明些。而且,这家院子是错落在一堆院落中,不像留三家,临了村道,站台子上。但分田就是觉着很像留三家院。她心跳得又轻又快,都有些头晕。院子里坐了个小媳妇,怀里抱个未出月的毛孩,正喂奶,听有人来,小媳妇便抬头。太阳旺旺地照着,遍地是光和影,她就像坐在花影里,脸显得很白、很小。两人对着呆一会儿,分田叫了声:水。水就哭了。分田到她跟前,蹲下身子,问:水,过得好不好?水说:不好。跟不跟姐走?分田问。走!水将奶头从毛孩嘴里拔出来,毛孩力气却很足,将水的奶头拉得老长。水掩好衣服,将小孩往地上一张小棉被上一放,站起来就跟分田走。等孩子的哭声引出屋里的老婆婆,两人已跨出院子。老婆婆不明白怎么回事,愣着,想过来了,便追过去骂,水回过头也骂。两边骂得都很刻毒,分田不让她骂,拉她快走。两人顺了来路走着,走到公路上,招手上了一辆中巴。七转八折,天黑的时候,到了徐州站。

这是真正的徐州站,而不是徐州西,广场的灯都亮了,映得半个天发光。水这时候才想起问分田:咱们去哪里呢?分田说:去上海。水跟着分田,在人头攒动的广场上走着,等买好票,进候车室,水才又"哇"一声哭了,哭她的小毛孩。分田说了声:

莫哭！水应声就止住。二人寻到去上海那一列队，排上去，转眼间后面又续上人，左右亦是长龙阵。两个姊妹淹进人海，看不见了。

原载《上海文学》2003年第7期

乡关处处

1

上虞往沪杭方向的长途班车破开晨曦，驶近停靠，车已半满，月娥竟还坐到凭窗的座位。向外看去，正看见自家房屋，被天光照亮，绰约有人影从门里走出，向公路过来，却只一霎，转眼不见，仿佛被草木合闭。合闭中，有一张五叔的脸，罩着怨色：走，走，走，留我一个！正月开初，就是这一句话，越说越剧，十五过后，儿子媳妇一家三口离开，则又颓馁了，直至无声。本就是个讷言的人，此时更沉闷，二人相对，她害怕又盼望动身启程，好在有年后的残局需要收拾，时间稍事热闹。将剩余的鱼肉鸡鸭腌制或者风干，量出五叔一人份的稻谷，担去电碾坊舂米，菜畦里点瓜种豆，再有春夏的衣物，一一取出摆好，免得翻找。终于到临行的前一日，与五叔一同上山，挖些新出的竹笋，带去上海。她做的钟点工，东家中有几户年头在八和十年之上，她也喜欢长做，彼此知道根底脾性，这新笋就是给他们的。

称五叔的是月娥的男人，家中总共兄弟六人，他行五。有点像越剧《祥林嫂》的贺老六，是山里的猎户。他家也真有一个老六，五叔的弟弟，就只这排末的二人有家室。婆婆是个强人，早年守寡，带六个小子，从四明山下来，参加进合作化的农业人口登记，田里收成虽薄瘠，总比没有的好。也因此，前面四个儿子都无婚配，举全家之力娶进两门，说好要给四个大伯送终。目下送走两个，还有两个。可能从小吃苦，寿都不长，拖累就有限，想起来真是可怜。走在山里，竹木蔽了天日，齐顶处，浮一层清光，光里有无数针尖，上下蹿跳。五叔的怨艾平息下来，她呢，也有了耐心，虽还是不说话，但四围的寂静将那一点气闷吸纳，就觉不着了。地下竹根盘结，一脚高一脚低的。自小走惯，脚底长眼睛，总能踩到路径。她娘家也是靠山吃山，家中人力单薄，总共两个兄弟，还死一个，拖毛竹让竹梢打了，没有创口，也不见血，人就像睡着了，还有笑意，晓得从此不必再苦，陡然轻松下来。那一年，方才十六岁。倘不是这样贫而且背运的家境，也不会跟了五叔，多少是图人家兄弟多，有阵势。她是家中最末的女儿，早知道就不生她了，所以是最叫人失望的。都说她笨，就没有读书，一字不识，更以为自己笨了。笨人往往有笨视，在她就是生完一个儿子再不肯多生，无论养育还是做人，都让她有抵触似的，再则还有计划生育的政策呢！事实上，儿子顺利长成，读书，做工，娶妻生子，人并未受多大的辛苦。同年龄的人，大多生两个以上，卖两棵树交罚款便落上户口,她呢,既不后悔也不羡慕。这儿子至今三十多岁,从来没往山里进去一步,就也不知道自家的山林在哪一片,有意或者无意,规避着命运的覆辙。

五叔背着的手里掂一柄短把铁铲,停住脚步,蹲下身,铲头插进竹根,听得见一声脆响,起出来,就是一个笋尖,扔进她手上的竹篮。有一点记忆回来了,欣欣然,勃勃然的喜悦——包产到户,分地分林,田里是牛犁的吆喝,山上斧斫声声。眼看着林子稀了,却起来新房子,这一幢,那一幢,迎娶送嫁的鞭炮这边响,那边响。这一阵欢腾渐渐沉寂下去,次生林长起来,掩盖了房屋,村里的青壮陆续往外走,只余下老和幼。五叔这样的男人,若在上海,尚是风流倜傥,裤缝笔直,头上抹了发蜡,皮鞋锃亮,腋下夹着公文包,白日里的股市,晚上街心花园的舞场,都是他们的身影。但在乡下,完全是个老人了,外出打工少有人要。所以,这一家,就剩他一个闲人。总共一亩六分地,种和收只占一忽工夫；树林已经砍伐，次生的杂木不值钱；竹子呢，起先还有客商收购，后来货源多了，工地又流行金属脚手架，足迹便也疏淡，由着它疯长，开出花来，死一片，再生新竹，总之，自生自灭。那留下的人，正愁如何打发时间，就像说好了似的，四乡八野，共同兴起牌九和花筒。这种古老的博彩游戏，本以为绝种了，料不到又活过来，一旦上手就收不住。寄回家盖楼房的钱，送出去有十之八九。那一个旧历年，实在惨淡，眼泪和唠叨中过去半个正月。五叔看不明也道不出自己的苦衷，逼急了，就也要出去打工，托亲戚在上虞找了个保安的活计。有一日儿子去看老子，见一堆年轻保安中，夹个老的，犹显得形象枯萎，二话不说领回家，当月的工资都没结算。这一趟出门的好处是，戒断牌九的瘾头。长日漫漫，无人相伴，五叔越发木讷。好在，媳妇生了孙子，回家专司抚养。公媳单在一个屋檐下，有多种不便，就住在娘家，每月里亲家邀去，看看孙子，吃两盅黄酒。每跑一趟，离年关就近一趟,眼巴巴的,外出的人回来了,再一眨眼,又走散了。

竹林的沁甜空气里,心情舒缓下来,不那么焦虑了。月娥想到极远的终了,终了还是要回来的。上海的水真是吃不惯,一股子药味道;米也吃不惯,油性太大,一团团的——她吃惯籼米,糙和松;住行就更是艰苦,甚至危险。为要摊薄租金,越多人越好,一个亭子间可睡七八个。那种老房子,电管水管煤气管盘互交错,接无数灶眼与热水器,稍有破漏,便得酿成人命。说到交通,车水马龙,最不怕死的,数电动自行车,所以人人怕它,男的多半快递和外卖,女的,则是钟点工。然而,这样的急促紧张里,却潜在一种快乐。后面有车超她,她不让超,顶撞起来,嘈杂的机动声里,听见彼此激昂的相骂,不由惊讶自己的厉害不好惹。

2

车在公路上滑行，停靠频繁，开一回门，上来几个人。其中有约定的同行者，互相招呼，又要调座位，为了好说话。多半是女人，男人是没多少话的。难免生抱怨，乘汽车又不是做人，就算这一世在一起，下一世呢？女人们就嬉笑，还动手拉扯推搡，终于萝卜都落坑，汽车就也驶上国道，加速了。太阳这才出来，车仿佛走在金光里，意气风发。她们开始交换吃食：酱油肉、煎咸鱼、茶鸡蛋、鸡膀鸭膀，年饱还没过去，受欢迎的是几味素食：盐水煮笋、霉干菜夹馒头、碱水粽、虾皮拌榨菜……满车厢都是食物的咸香，茶水从保温瓶口晃出来，烫了手，尖声的笑和叫。男人们斜睨着，心里嫌她们猖狂，嘴上不敢吐一个字。过道那边两个学生仔样的小孩，缩起身子，流露出害怕的表情，她们偏要脸对脸喊，"阿弟阿弟"，将吃食塞进阿弟嘴里。司机从后视镜里看，嘟哝一句：老牛啃嫩草！汽车上高速，山矮下去，村村落落掉在脚底。出发时的兴头过去，困倦就上来了，渐渐垂下头，抵着膝上的提包，打起盹。车厢里忽然鸦雀无声，听得见发动机的轰鸣。两车相向，喇叭叫一声，隔着玻璃窗，仿佛很远的地方。

月娥第一份生意是替同乡人顶工。同乡人说男人要她回家，东家就要她找人。这年儿子结婚，小两口一同去杭州，一个做电工，一个做保洁，她就也想出去，应下这份差事。差事在上虞城里，一个鞋厂老板的四口之家。她专司带孩子，做饭和清洁另有一个阿姨，也是上虞本地人。老板与她儿子同年，已经有两个小孩，听小孩子喊她阿姨，就觉错了辈分。明知道"阿姨"不过是个称谓，好比单位里的工种，与年纪无关。这种伦理的概念等到了上海，不知觉中就淡化下来。那里，无论老少，一律喊她的姓，姓前加个"小"字，她倒没有什么不适，被这城市崇尚年轻的风气带着走了。小老板过着一种新派生活，冬夏二季不在家里过，而是住酒店客房。不止上虞城，底下的乡镇，都有五星级酒店了。开两间套房，小夫妻一套，小孩和阿姨一套。酒店里早餐是随便吃，中午晚上两顿，由烧饭阿姨到工厂食堂灶上做了送来。酒店里有中央空调，冬暖夏凉，照理很享福，她却有点苦闷，因为不是过日子之道，像是坐监。酒店里有多家临时住户——上虞的酒店，有一半是做本地人的生意，靠外地人是吃不饱的。早餐厅，大堂，走廊，电梯，常可遇见像她这样，带着东家孩子的女人，互相看几眼，就看熟了。有那种自来熟的性格，上前搭讪，先还是淡淡的，因听东家说过生意道上的险恶，守着保姆的本分。但实在熬不过寂寞，不免多说两句，竟就收获保姆业的许多内情，从而得知这一行实是有着相当广阔的空间。这一年做完，她也辞了工，过完春节，随另一个同乡人去到上海。所以，当她和前一个同乡人，也就是她的引路人，山不转水转地，在上海遇见，彼此都不觉得意外和惊奇。

绍兴一带的人多少有些两样，乡土观念极重，抑或是出于自傲，在外面帮佣，总是自己人一处，与其他籍贯的人疏离着。保姆介绍所的地方，她们是不去的，用工只在同乡人间互相介绍。分租房屋，休息日玩耍，也只和同乡人搭伴。公园里露天舞场上，三五人聚起，看多跳少的，就是她们。这一定和上海地方的历史有关系，绍兴和扬州是保姆社会的主流，前者大约是浙商来沪上自带，如家生子，有规矩；后者却是草根，犹能吃苦。也因此，殷实富户家族常是雇佣绍兴籍人。如今，这城市保姆的需求激增，进城求职人数也激增，从业队伍输入新成分：安徽、江西、河南、湖北……同时呢，苏北一带工业发展，扬州籍的保姆日益退出，几乎消匿踪迹。人事更替，时风变革，唯绍兴一支，依然在传统中，保持着行业的名节。

初到上海，月娥也是怯怯的，如不是同乡人的帮扶，未必能熬住。这地方不知道要比上虞大和乱多少，她又不识字，认路，找地方，领东家嘱咐，都凭死记。所以，抱定一条，决不买菜。不会记账，还吃不了猜忌的闲话，她是个老实人，唯老实才更犟性，真叫人为难。当时并不觉得，过后她常常以为自己有福气，所遇都不是恶人，相反，多受照顾。来到上海第一个雇主，如今犹记得好处。四十岁上下的女人，生相十分轩朗，依她们乡下人说法，女人男相，但又不粗气，而是大方。高额宽颐，浓密的头发编成股，盘在顶上。其时，月娥未找到其他生意，女人就说做全天；然后才有第二家，让出半天；再有第三家，再让一半里的一半；一层层对切，最后只剩一周三次，各一小时，而且是早上六点到七点,晚睡的人第一觉没醒呢。一切从月娥方便赚钱计。女人单独住一套三室两厅,在临江高层公寓房里,早上,驾一辆宝马去到大户室,落市时开回来,专职炒股。听前任保姆,一个同乡人说,房子汽车都是股市上赚来的,赔进去的却有两套房子,一个男人,半个小孩——离婚给到男方,争得一周两次探视权,所以算是半个小孩。无论从生意,还是风水,都应有起有落,三十年河东,三十年河西,但女人的运势却一直向下。眼见她大房换小房,小车换大车——公共汽车,最后只能租房,却一直用着月娥一小时的工,倒是月娥自己不好意思赚了,提出不要工钱。女人说,这算什么?你们出来是做工,不是行善,或者就不要做了,还不够脚力的。女人租房独在另一区,从月娥所做的几家地方旁插出去。月娥更不好意思,说,自小家里人都嫌她背时背德,小弟弟被竹梢头劈死也是怪她,她要离开了,股市大概就会好起来,输出去的又赢回了。女人笑起来:这是国家宏观调控的事,老天帮不上忙的。临别还给出多一个月的工钱，算作遣散费。月娥不肯要，说是我自己不做，并不是你辞我。女人定要给，几十块钱推来推去，最后说出一句：我还没落魄呢！月娥才不敢不要。后来，回来看过一次，女人已经搬走，不知道去了哪里，从此再没见面。上海的人就是海里针，手一松就没有了。月娥在这城市邂逅过许多人，形貌难免模糊，但这一个却是清晰的，因为是事业的起头。如若不是如此这般起头，接下去也许会是另一个样子。另一个什么样子，更好或者不好？她不知道。可是，对如今的境遇，却是相当满意，常有庆幸之感。幸亏，幸亏走出来，看到大世界。倘若不是这一步，少赚钱不说，还错过多少风景，岂不可惜死！

像女人这样恩厚的人，无疑是不能忘记，另有一些面孔，则是以奇异性留下较为深刻的印象。比如有一户人家，成员有父亲，母亲，女儿——她称小姐，事情至此还都正常，紧接着就开始偏离了，那就是第四个人，她私下称"女婿"，除此还能称什么呢?"女婿"时走时来,像常客又像稀客,年纪几近岳丈,她并没听见他们彼此称谓。事实上,"女婿"也不与岳家说话,只和小姐交道,而且同处一室。以常情而言,两人十分不配,方才说的年龄倒不是主要的,老夫少妻自古就有,但"女婿"的生相在月娥看来十分可憎,矮,胖,面黄无须,眉宇间有一股煞气,小姐却是新出的嫩芽似的。他们说着一种唯二人懂的语言,更可能是外国语。月娥判断"女婿"来自外国,同时,还判断出这一家人由"女婿"供吃喝,否则,怎么解释三口人均不做事,在家坐吃?就算有养老金,恐怕连房子的物业费都不够付,月娥知道这城市养老金的菲薄。这份工作在戛然间结束,没有任何预兆,发这月工资就说下月不做了,理由是小姐要出国。来不及回过神,就少去一份工。晚上,回到几个同乡人合租的阁楼,议论间,都撺掇去追索多一个月的工资。按惯例,雇佣双方,至少要提前半个月告诉,寻人或者寻工。于是,便气昂昂的。睡一觉起来,决定算了,虽说是自己的名分账，一旦开口总有乞讨的意思。她硬气地想，乡下人穷是穷，总归靠自己，不像他们，靠别人家，还是外国人！只是到下半天，本来要上班——到底是新时代，即便是传统的绍兴保姆，也将帮佣说成上班——下午上班时间，陡然清闲下来，觉得又怄气又肉痛，肉痛半天时间白白过去。她们抛家弃口，出租金住鸽棚大小的地方，不就为了赚钱？没有赚等于赔。同乡人和其他东家都答应替她找新生意，可她等不及了，自己到最近一处保姆介绍所问工。头一回进这样的地方，进去就觉得不对。门口一方地面，摆几张凳子，坐着几个女人，木鸡的表情，脚边放着行李包裹，显然刚下车船，多是未做过的，所以挑剩下来。里面还有一进，一半大小，立一张麻将桌，桌上摆开牌局。介绍所的老板娘，兼营棋牌室，在边上倒茶水，一眼看见她，迎出来，就不好再退出了。

以老板娘，这行里的明眼人看来，月娥就是利好消息。果然，立即问到一份工，驻沪的台湾人，要的正是下午到晚上。按地址找去，也是高档楼盘，经保安盘问与电话，再用门卡刷开电梯，上到高层，已经有人候在走道。一个女人，刚要称小姐，却见身后跟一小孩，叫女人"奶奶"，就收住口。奶奶领她进门，一边看房子，一边交代工作——先到附近小学校接孙子，孙子读一年级，一直仰头看她，还伸手拉她的包带，仿佛是喜欢她的；带回孙子，安顿做功课；然后打扫卫生，烧晚饭。讲解晚饭费了工夫，奶奶亲自动手教她做一种"揪片"的面食。奶奶说的是普通话，且和普通话有所不同，"揪片"这两个字就是奇怪的发音。其实类似面疙瘩，和好的面，搓成细长条，然后用手指尖掐下一片一片，和胡萝卜片、蘑菇片、山药片、牛蒡片，下在锅里，锅开盛起，加油盐醋胡椒。这一日就吃"揪片"，月娥谈不上喜欢，也谈不上不喜欢，顾虑在另外的事情，洗碗时候归纳成三条：第一条，教小孩功课，她偏是不识字的，又不好意思说；第二条，奶奶说话听起来吃力，交流困难；第三是橱柜做在高处，踮脚翘首方可够及,晚饭时,儿子媳妇回来,她发现这家人,包括奶奶,身量都高。所以,样样设施,水斗、灶台、吊橱,都要高于通常尺寸。盘碗又重,尽全力托起来,送进去,失手是迟早的事。决定不做,又有不舍,因这家人不错,不把她当下人待。倒不是多么热切,恰恰相反,是平淡的,仿佛在他家已经很久,一个亲戚。她想着同乡人嘴巴里的台湾人,常是刻薄和挑剔,就觉得并非全部,也相信好人就能遇到好人。然而,方才归纳的三条又涌上心头,不由得一沉。

同乡人聒噪一夜,都是不做的意思,她就也下决心辞工。不想下一日的一件事,却阻住了。前一日熨好的一件男式衬衫,那儿子没有穿,因为袖子上压扁,成一条线。奶奶教她用小熨斗伸进袖筒,周转着熨,线就消失了。她学了本事,也听懂奶奶的话,辞工的三条理由方才少去一条,很快又增一条,那就是他们听不懂她的话,但并没有解雇的意思,于是,又挨过一日。是不是窥出她不识字,再没提教小孩功课，心事略放下些。可当日晚上，奶奶竟发来一条手机短信，所以，还是当她识字，识字这桩事可说是她最痛处。再不犹豫，跑到介绍所，辞工了。过后，老板娘打来几次电话，说那家人请她再去。她克服了心软，坚决推掉。这一次短暂的应工，在介绍所留下记录，使她事业获得突破性进展，那就是她开始接到台湾人的生意，不仅工资高于本地，还领教见识和技能，就像熨衬衫这一类的。

3

长途车中午在服务站停十五分钟，众人上厕所，司机下车抽一支烟，继续路程。楼房与街道从高架底下过去，霓虹灯招牌，玻璃幕墙，几乎擦肩盖顶。城市的分布变得稠密，而且座座繁华，城和城之间，农田被沟渠道路切割成小块小块，结着霜，蒙着一点晨光，就像破了口子，显得凋敝。有人蹲在塘边，凝神看水，大约是看夜里放下的鱼篓有无收获。高速路将人和事都推远推小，变得很假，小时候过年去看社戏,临水的台子上,亮灯里面的活动,就是这样。她想不起演的什么,都是在嬉闹中度过,调皮的撑船郎用桨顶她们的船帮,左右摇晃,她们就尖起嗓子叫骂。日子其实苦得很,吃也吃不饱,和爹娘吵半年也吵不了一件新棉袄。少不更事,却也穷开心。

车在向上海驶近,已经看得见高楼,又绕开去,就像她们那里人说的,"看山跑死马"。车在高速路上盘旋,进去又出来,大概是她们自己不识路,又被绕迷了。时间到下午三点,天气变得燥热,空调车厢虽是密封的,风尘不得进来,但干燥生起的静电,到处都是,略一触碰便吱啦吱啦的,口鼻生烟,头发支棱着,用手扒几下,指甲就长了倒刺。都有些不耐,恨不能一步跨进门,先洗一把脸,再弄晚饭吃,明天一早就要上班。她们可都是忙人!高架上的车行聚集起来,万箭齐发的态势,显现出节后回程的高峰。太阳高悬,也无云,天色却是灰白,尾气积成的霾,浮在半空,有重量似的。车里人都醒着，又都僻静，看窗外齐驾并行的车辆。上海到了，车在楼宇间盘桓，窗格子蜂窝一般，里面都是人家。月娥她们气馁下来，在乡下迫不及待要回到的地方忽变得意趣寥然，新一年的开头，和旧一年有甚两样呢？依然是奔波在一家和一家之间，一个灶间到一个灶间。这些公寓里的灶间彼此相似，水管分饮用与非饮用，砧板分生食与熟食，拖鞋分内和外。要说区别，还是在人。她们一般喜欢年轻夫妇家庭，因日里没人在家，多一般自由，凡有老人的不免就受拘束，时时被监视着。这一点，月娥倒不尽同意，东家一日不在还好，两日，三日，就会心慌，仿佛误入无人之境，又仿佛被忘记有她这么一个人，不知道东家要她还是不要她做。空旷的公寓里，令她害怕的安静，主卧房的双人床，隐着不可示人的私密，男女主人和孩子从照片上看她，笑和不笑都有一种悚然。吸尘器的轰鸣固然驱散岑寂，但同时却心惊肉跳，马上就要闯祸的样子。她快着手脚做完，换上鞋，拎着垃圾出得门去，关门的一瞬，眼睛通过门厅、走廊，直到房间深处，马上会出来一个人，对她说：有没有搞错！心别别跳着，砰一声锁落下，转身跑了。

换一个环境，月娥又觉出无人的好处。晚上八点有一份工，是在公司做清洁。这家公司的写字间占一整层楼顶，员工下班走完，办公格子里空下来，一行行擦拭和除尘，走到外缘，就看见四面玻璃窗外的灯光。白日里黯淡的蜂眼都放出光来，将巨大的立方体通透。她不禁停下手里的活，往外看一眼。底下的街道阡陌纵横，跑着一串串的车。她站得多么高啊，简直要登天了。结束写字间的打扫，这一天的工作才算结束，就是说，她下班了。乘电梯下楼，五到一层是商场，她们从楼的背面，员工专用通道进出，这让她有点骄傲，因是这大楼的主人的身份。从车库推出电动自行车，骑上去，这时候，她就成了那阡陌里一串亮中的一个。她骑得风快，路口的红灯分明亮着，但见左右无人，一径冲过去。这城市的人与车最拿电动车无可奈何，快车道慢车

— 163 —

道人行道都可畅通无阻,说是违法,可是法不责众,谁让他们人多呢!从灯光煌煌的大马路转向小街,进入一条背巷,放慢速度,她到家了。

做钟点工最大的难项是住处,月娥在上海不知道换过多少地方,和不同的同乡人合租。曾经有一个小区,物业联合居委会,将地下室辟出来,做钟点工住处,电视台还播放过,称为惠民工程。有一个同乡人邀她去看,条件是必须本小区雇主才可入住,同时呢,租金要比她们合租更贵。她们是多么好将就的人,能多一个同住人就多一个同住人,都要挤出油了,所以自称"油条"。除了合租,陪老人同住也是办法。这城市有的是独居老人,机会还是蛮多的,问题是老人的性格,倘是乖戾的就不好相处了,而老人多半是乖戾的。她曾经在一个老太屋里住过,老太有翻她东西的习惯。她其实并没什么翻不得的东西,翻就翻吧!她将钱、存折、雇主家的钥匙,收在随身包里,睡觉则垫在枕下,倒没有过闪失。让她生怯的是另一件事,老太夜里睡不着觉,常常一个人起来,在房间里踅过来,踅过去,嘴里喃喃自语。有时立在她床前,一睁眼,魂魄都出窍了。好歹住一年,正好有同乡人回老家,空出一个床位,她就搬了出去。心里觉得挺对不住的,过后还回去看老太,老太坐在轮椅里,被一个长相凶悍的安徽保姆大声呵斥,已经不认得她了。月娥有所释然,不那么愧疚,但却觉出做人的悲凉,心情低落很长时间。

她将电动车推进灶间,走上一截楼梯,楼梯两边以及上方,堆着挂着废而不舍的杂物,中间留出一条窄道,只可供一人通行。亭子间的门开着,灯光照到楼梯口,给她留着亮。爷爷还没睡,坐在床上被窝里看电视。床对面是她睡的沙发,蹲着"爹一只娘一只",眼睛也对着电视,仿佛看得懂。"爹一只娘一只"是月娥叫出来的名字,它通身雪白,唯耳朵一黑一白。见她进来,两位都移开视线,爷爷问外面冷不冷,那畜类也像是有话,最终没有说出来。下去烧水洗了手脚,再上来,爷爷已经睡着,

"爹一只娘一只"则让出她的床铺，跳到方桌下面。她看一会电视，电视里有一列美女，娇笑着相亲，又像真又像假。看一会，操起遥控器，摁一下，屏幕黑了，遂关灯躺下，一天结束了。

爷爷的住处是同乡人让给月娥的，同乡人喜欢热闹，宁可去和人挤着。后来，爷爷信任她了，才告诉其中的隐情。这名同乡人手脚不大干净，爷爷说，时不时发现少东西，以为记性不好，直到有一次，当场看见一双皮手套装进包里，才明白自己是真少东西了。两人都没明说，爷爷是有修养的人，算清工钱，还拜托找个人替她，找的人就是月娥。听到这件事，月娥没有发表意见，她不能说同乡人坏话，也不好说爷爷看错，心里觉得有几分像。这名同乡人与月娥娘家村相邻，自小就有传说，祭祖的时候，凡她经过，都会少供品。明明看她拎着两只手，并没有裹带，可就是少了，面蒸的牛羊马，点了红胭脂的糕团，鸡膀鸭膀，最大的一项，也不知是真是假，供桌上的全鹅，眨眼不见踪迹。她的一双手也很奇，罩着烛火，叫它灭就灭，叫它旺就旺。乡下人都是有神论，热衷灵异事物，传她投胎路经奈何桥，没有喝孟婆汤，所以前世今生贯通，若不是新社会破除迷信，就可操关亡婆一类营生，专给阴阳界递消息。到了上海，人烟稠密，阳气太盛，久而久之，功夫就破了。月娥却亲身经历过她一件奇迹，那是几年前，一伙同乡人去舞场跳舞。舞场设在菜市场房顶搭出的披屋里，名叫"威尼斯"，男客五元一人，女客免票。舞场里有几位师父，多是六十七十的上海人，会跳各种社交舞，以小时计学费，饮料吃食另点。她们几个合请一位师父，轮流学跳。舞场里灯光昏暗，人事混杂，是有些乱。她们将衣服和包堆在一张椅上，团团围住，一人跳，众人看，就万无一失。临到回去，纷纷取自己的东西，月娥已经摸到包了，那同乡人却偏要传一下，这一传，手上一轻，仿佛重量飞走了。当时并不觉得，头脑蒙蒙的，耳边是锵锵的音乐声，灯又灭掉一批，伸手不见五指，脚跟脚走出，站在马路上，月光清明，人渐渐醒过来，想不起什么，就这么回到住处。隔日发现，包里的钱夹没有了。月娥虽不信鬼神，却也没有其他凭证，只认定舞场是个危险的地方，从此再不去了。

4

天色未明,手机在枕下振动起来。蹑着手脚起身,爷爷和猫都在酣睡中。下去楼梯,因为黑,还是踢着一个大火油箱,"哐"一声。这幢老式弄堂房子,三层楼里住有六七户人家,如今除爷爷一个,其他都分租出去,割据得更零碎了。走到灶间,后门一响,进来两个小姑娘,踩着高跟鞋,笃笃地上楼。这时候下班,妆容又浓艳,猜得出做什么生计,月娥只当不知道。一边梳洗,一边烧饭,她自己只需一锅泡饭,但要为爷爷准备三餐。米淘好浸在电饭煲,砂锅挖出一碗红烧肉放进蒸格,到时候一插电源就可。又开火炒一碗青菜,一碗豆腐。她知道是简单了,但周日这天休息,她自己买菜烧一桌,算作补充。爷爷女儿的突击检查,却总是跳过这一天,放在平时,所以就有不满,说,供住宿水电煤,再加每月两百元工资,原来是这样的服务!邻居多事,搬嘴给月娥听。等女儿下次来,又正巧碰面,她就放出二百元钱,意思不要了。爷爷的女儿捡起来,扔回去,她再扔回来。这样掼来掼去,不像是主雇,倒仿佛一对负气的姊妹,计较赡养父亲,谁付出多,谁付出少。月娥知道爷爷女儿是爽快人,说话不托下巴,并没有恶意,有时候开车带父亲去东方明珠或者浦东农家乐,强要她也去,还给她化妆梳头。上年儿子结婚,也请她吃喜酒。月娥交了三百元礼金,也是这么掼过来掼过去,直掼到她转身要走,方才收下。这女儿心里其实有数,月娥对父亲比前几任保姆都仔细,两人也投缘,省她许多操劳。然而,即便本分如月娥,也会有不服规矩,大胆冒犯的行为,是她想不到的。所谓百密一疏,这一疏还相当严重,那就是"爹一只娘一只"的去留问题。

爷爷过敏性体质,皮肤上表现在湿症,呼吸道是哮喘,消化系统则是"预激综合征"。这几样都很麻烦,按中医理论是忌口,凡是发物都不能沾,所谓发物范围又极广,牛羊鸡,鱼虾蟹,葱蒜韭,秋后的茄子,初春的香椿,连料酒都算在内的;西医则是断绝过敏源,花粉、鸭绒、漆水、宠物。月娥的这一只,是弄堂里的流浪猫下的崽,拳头大就抱回来,等爷爷的女儿发现,已经是畜类里的少年,身体长大,毛色雪白,一只白耳朵,一只黑耳朵。女儿不禁吓一跳,即刻下令送走。月娥嘴上应着,以为这一回也像以前无数回的争端,最后不了了之。女儿下一回来,只见那东西又长大一圈,"嗖"地从脚下蹿过去,如一道白光,光里有一点黑,就是那耳朵。这一惊非同小可,猫的危险在其次,更重要的是老实的月娥竟敢不从,忒胆大了!气急交加,叫嚷起来,问月娥是人走还是猫走。月娥不会吵架,性子却犟,转身收拾行李铺盖。爷爷打圆场,被女儿指着鼻子威吓:你要发喘,再没人管!爷爷就跳脚。说话间,月娥已跑到楼下,后门口围一众人听动静,其中有磨刀剪的河南人,站出来说,猫可以交他养!爷爷的女儿本不想让月娥走,趁此正好下台阶,同意河南人的建议。无奈月娥抱着"爹一只娘一只",就是不松手。来回夺几次,两人眼泪都下来了。一个说:人要紧还是猫要紧;另一个说:河南人不是真心养,而是杀了吃肉!河南人则提出可付钱,十块钱。月娥啐道:放屁!爷爷女儿说:人家诚心要!月娥说:就不给他!爷爷女儿说:你要给谁?话音都软下来,有了松动。最后,女儿说:我要找到养猫的人家,你不能不给!松了手,"爹一只娘一只"哧溜蹿下地,河南人收起钱,悻悻走开,人就散了。

隔一日,爷爷的女儿果真带人来了,一对中年夫妻，面相和善，说话也很懂理。专挑周日月娥休息时间，为的是让她看看领养人家。月娥挑不出一点不是，沉默着看"爹一只娘一只"装进纸板箱，纸板箱里没有一点挣扎和叫唤。月娥不由惘然，骂一声：没良心！也不送，关上房门，很决绝的样子。这一天过得落寞，她不说话，爷爷就也不说话，生怕惹着她，走路动作都轻着手脚。三餐完毕，睡前照常看电视，身边空出一块地方，温度都不一样了。早早上床，闭上眼睛睡觉。夜里醒来，窗外路灯映在窗帘上，以为是一张猫脸，一惊，复又睡去。

平静过了几日，忽一天下班回来，沙发床上蹲了白亮亮一尊佛似的，再一看，就不相信自己的眼睛，原来是"爹一只娘一只"。月娥又悲又喜，还害怕，怕爷爷的女儿追过来再捉了去。问爷爷怎么回事，爷爷急表功地告诉，今天一早，她方出门，那领养人家的女人就来了，提着纸板箱，说"爹一只娘一只"到得他们家，不吃不喝，百般地哄劝亦无效果，想想不行，要出人命——说到此处，爷爷自觉不妥，顿一顿，改成"性命"二字，再说下去——要死在他们家，算是犯杀生的天条！原来夫妇二人信佛，于是便送回来。爷爷说，已经给它喂下一杯牛奶，半碗菜泡饭。这畜类自小随他们吃喝起居，有些像人的饮食。爷爷的表情带着讨好，透露出自己并没有容不下的意思，怪只怪身体，不由他做主。月娥抱一抱"爹一只娘一只"，瘦脱有一层，毛色也暗淡了，于是打来温水给它洗澡。沐浴产品倒是名牌，雇主家清理过期物质，挑拣出来的。爷爷见月娥高兴，就说，实在送不走，也只好留它下来，但一定要藏好了，不能让女儿晓得。月娥保证"爹一只娘一只"身上干净不染病，但是，爷爷你也要争气啊，千万不要生病！自此，月娥就时常在猫耳朵里絮叨：听见大妹妹上楼梯，火速钻进床底下！爷爷的女儿她是称"大妹妹"的，因底下还有一个兄弟，就是"小弟弟"。勿管猫它懂不懂人话，就只是反反复复，一遍，两遍，十遍，百遍。事实上，大妹妹再也没有发现这罪孽的踪迹。爷爷呢,也再没有大的发作,真的挺住了。他们三个,一并守住秘密,相处更加和睦。

在爷爷这里居住,有一些家的意思。隔二三星期,几个要好的同乡人各带了肉菜糕饼,来到拼凑一餐宴席。头两回,安顿爷爷先吃好,然后再开桌面,但那边厢投来羡慕的眼光,便试着发出邀请,话没落音,人已经坐进来。五六个乡下女人,带一个上海老头,挤在巴掌大的灶间,围一张八仙桌。桌上七盘八碗,还烫了黄酒,彼此一点不见外的。先前陪爷爷住,后来让给月娥的那一位,也在座,非但没有尴尬,而是像老熟人,说:给你介绍的人好不好?爷爷说:比你好!同乡人说:怎么谢我?爷爷说:谢你一杯酒!什么酒?老酒!什么老?莫佬佬!仿佛大人哄小孩,其实里面是有机锋的。绍兴人有师爷的传统,说话尖刻俏皮,爷爷呢,毕竟有阅历,晓得什么时候清楚,什么时候糊涂。

几杯酒下去,爷爷打开话匣子,说起了往事。老迈的爷爷,其实有着叱咤风云的日子。曾经做过厂长，管着手下几百人，生产的明胶，一种工业原料，都销到国外去过。所以，爷爷去过外国，和外国人谈生意。针尖对麦芒，进一步，退两步，绕着圈子，调头杀回去，眼看没胜算了，忽然间柳暗花明！爷爷说，外国人有两处软肋，一是认死理，二是没耐心，所以说呢，我们这边就不能动蛮力，而是用机关。打个比方，古代有养猴人，给猴吃枣，上午三粒，下午四粒，猴子嫌少，不愿意；养猴人就上午四粒，下午三粒，猴子仍然嫌少，不愿意；养猴人再回到上午三粒，下午四粒，猴子还是不愿意；于是，上午四粒，下午三粒，来往几番，又是上午三粒，下午四粒，猴子终于接受，这就是成语"朝三暮四"的出典。在座的也都被绕糊涂了，互相看看，说不出话来，爷爷仰面大笑。这才知道老头子的厉害，这破落不成样子的弄堂里，其实藏龙卧虎。爷爷拿出照片给她们看，照片上的人和眼面前的，依稀相似，却天壤之别。西装笔挺，头发油亮，左右前后的人，多有谀色。可惜已是昨日风光，照片中人，如今领社会最低保障金，属弱势群体，真是世事难料。年富力强，政策又好，爷爷辞去公职，回到自然人，盘下厂子，做了老板。得意中人，眼睛一径向前看，旁边的枝节就忽略了。先是原料涨价，后是同类产业竞相起来，市场饱和，再接着资金吃紧，最终陷入三角债，以"诈骗罪"起诉。虽是虚刑，总归有了前科，这是从司法角度讲；生意道上，信誉是第一位的，失去了再难回来；第三，年纪不饶人。总之，爷爷退出江湖。好在，儿女在爷爷兴旺时各自开辟事业，现在，就到反哺的时节了。

5

日子一天一天过着,难免有一点变动。雇主中,台湾人服务的公司从大陆撤资,人员先后离开。因公寓剩余有两个月的租期,就容留她继续做,直至找到下一份工。她究竟不能将客气当福气,白享主顾的恩惠。走进空荡荡的公寓,开头还有些收拾整理的劳动,很快便无所事事,电话响起来,也不敢接听,怕是要求记下什么,她真恨父母不让她读书,落得个睁眼瞎。电话铃声兀自响着,四下回荡,就只有逃跑了。于是加紧寻工,找新雇主,不敢挑剔什么,半个月就应工了。此时,有长做的一户,女儿回娘家坐月子,一周三次需增到一周六次。她不怕吃苦,只嫌做少不嫌做多,只是要与另一户东家商量,下午换到上午,从上午的头尾各挤出一个钟点。这样,就更要早起。最后还是要请爷爷谅解,晚上烧好下一天的菜,爷爷自己淘米烧饭。爷爷好说话,她也不会欺负老实人,周日格外加餐犒劳。同时,她还要晚睡。钟点工的生活就是这样,时不时会乱一下,洗牌似的错过来错过去,终于对齐,稳定一阵,又乱了,再洗牌,再对齐。中间媳妇来过电话,告公公有重入牌局的征兆。媳妇虽住娘家,但耳目灵通,又领了婆婆旨意,履监视的职责,但凡有风吹草动,便来吹风。免不了气和急,打电话回去,一番吵骂,越说越火大,在外对人家的好脾气全变成坏脾气,说到极处,流下眼泪。对方只是听,不回答,有几次以为电话没信号,"喂"一声,那边却应了,再继续话头。吵骂升到高潮,眼泪已经干了,这一轮的撒手锏是"哗"地挂断,等对方打回来,但手机静默着,一响不响,晓得对方是不敢,心想是不是再打回去,倒像饶了他似的;再讲了,该说的都说透,还说什么?于是收起手机,慢慢平静下来,有些可怜在家的人,可是,谁来可怜自己呢?那么吃苦,一分一厘赚来,攒起,带回家,草房子推倒,起楼房,上下总共十二间,本以为苦到头了,儿子倒又要在上虞城里买商品房,她自然要帮儿子,于是,再赚,再攒,再带回家。儿子也苦,跟了老板一会儿上东北,一会儿下海南,老板接单的工程在哪里,他就到哪里做水电,年轻夫妻分居两地,除做工的辛苦又有一般煎熬,所以说,他们一家都可怜。

这一些都是过日子的常态,平安就是福。总算,没有大事情发生,比如,像上一年,老娘中风,不得已,告假回去,回去了老娘又不让走,就拖延下来,急得向老娘跳脚:从来是嫌我多的,现在又少不得我了!老娘骂她没良心,出疹子时候,几天几夜背着不放她落地，否则，她已经死得投胎去了！她说早投胎早出头，谁想活在这命里做人，不识字，多少难为情！老娘说：是我不让你识，还是自己识不得，这笔账要算不清楚，都能追到阴司间里讨债！于是就要倒回去几十年，细述头尾。老娘说是自己读书笨，被老师骂回来，再不肯去。月娥的记忆是：当年生下小弟弟，要她背弟弟，不放她去，提到那小的，老娘高起声嚷：人已经死了，你还赖他！说到这里，两个人都哭了，一场争端方告结束。又拖过几日，她真要走了，上班呢！哀告的口气——"上班呢"几个字有一种庄严，也正是这几个字，老娘才变得器重她超过姐姐们。于是，老娘豁达起来：走吧！临行晚上，月娥听她在被子底下哭了半夜。她一走，老娘就要回儿子家，住在儿子家里是受约束的。何况得了这种病，送医及时，没有大的碍处，但手脚总归不大灵了。其实，女儿家也可以住，可是，乡下人都要面子，没儿子养最被人诟病。她已经死了一个儿子，留下的一个不收留她，差不多就是绝户了。这一耽搁就是十数天，雇主多半有耐心等她，只一户家有老人的，另外找了钟点工，晚上公司的清洁，事先让同乡人替她，总算没有中辍。爷爷这头困难些，但不肯换人，宁愿自己克服，那时还没有猫的事情发生，爷爷的女儿也容忍下来，保住了。相比那一年，前后的日子就称得上安稳和顺。

每日天不亮出门，一个上午转两份人家，第二份包午饭。有时雇主不在家，她就自己找些冷剩热热。倘雇主在家，一张桌子上，吃的是新烧的饭菜，人家也很客气，她却吃不好，急着吃完撤离饭桌。有时会噎住，喉咙口勒紧，透不上气，主仆都着急，窘得很。下午是三份工，前两份各一个钟点，第三份就长了，吃过晚饭洗好锅碗才能走。这家人吃饭不在一个时辰，小的先吃，老的后吃，吃完了，年少的夫妇方才下班进门，于是，开始第二轮。她居中，和老的同吃，就在厨房里，倒自在些。为节约时间，分三次洗碗，浪费了洗洁精和自来水。那老的说过几回,不奏效,只得随她去,她心里有数,只是没奈何。终于完事,出来大楼,已经八点钟光景,再赶公司写字间。季节转换,气温上升,五、六两个月最好,到下半年,就是十月十一月好。冷暖适宜,风和雨细,身子是轻的,自己都想不到的灵活,在车阵中穿行,好像一条鱼。心里得意,得意在这城市里不陌生不胆怯。别看高楼林立,吓不怕她的。五一和端午,国定假日,东家问她,要双份工资还是休息,她总是回答:休息!原本她以为人的力气是用不完的,现在还知道这世上的钱是赚不完的。也有悭吝的东家,自动给了假,那就正好。

这一日,她们同乡人商量去野生动物园玩。早一批人去过,描绘十分惊险壮观,人在兽群里走,前后左右虎啸狼嚎。爷爷很想跟了去,月娥没同意,一是怕爷爷生病,二也是想有半日自由,要照应老的,总归玩不好。中午饭炖了猪蹄,红烧一条鱼,二三样时蔬,豆腐荠菜羹,爷爷却罢吃,只吃白饭。她把菜硬送进老人碗里边,心里好笑,"老小老小"。

吃完饭，走出后门，不回头也知道爷爷从窗户里看她，不由心软，到底挺住了。地铁口汇集，刷卡进站，不时，便听见列车轰鸣，眨眼间，闪电一般过来了。从窗门看得见有空座位，门一开，冲进去，已经被人抢占。五六人中只两个坐到，还是分开的。停一站，又占到一个，再停站，再占一个，终于全坐下，就要集拢一处。车厢里人看她们一伙喧哗和骚动，多露出不屑的表情，还有人讥诮说：下棋啊！她们才不管，大声说大声笑。假日里，这趟车一半以上是往野生动物园出游，一家数口，带着吃喝，小孩子的玩具，她们则是单个。有一点点思乡，又有一点点得意，因为独往独来，全凭自己，于是更加放肆。

　　她们都穿了簇新的衣服，红绿的颜色，半高跟皮鞋，头发上别一朵绢花，胭脂口红，做新娘子都没有这么鲜艳。那时候，且实没有打扮的心思，愁都愁不及，也不会穿衣梳头。紫花缎的棉袄，银灰毛料裤，高帮棉皮鞋，前刘海烫成一个鸟巢，坦克链的手表，就算是最时髦的了。看照片，照片上的人比现在还老气，木鸡似的。如今呢，尽管长了岁数，但比那时候敢穿，这城市里的人，都是没有年纪的。就这样，一群人，花团锦簇地，下车，上地面，汇进人流。野生动物园并不像去过的人所说热烈耸动。老虎们，散得很开，远远看见一头两头，豹子、狮子也是大约见得多了，对汽车以及汽车里的人都缺乏兴趣，懒得瞧上一眼，月娥也没有预期的兴奋，比较电视上的"动物世界"，实际情形平淡许多。但她还是有一点激动，因为视野开阔，大地那么大，四边没有遮挡，呼吸畅快得很。而且有一群羊，广播介绍叫作羚羊，很珍稀的物种，在她看起来，与普通的羊无大两样，使她想起家乡山里面的牲畜，羊群跟随汽车奔跑一段，从车厢两侧过去，羊蹄子离开地面，仿佛飞起来，这才知道这羊的不凡。车在散养区域走一遭，约有一个钟点，到发车的地点下车，最主要的项目结束了。太阳已经偏西，她们在安全区的丘陵河塘，树木草地走一阵，占了一具石桌,围拢坐下,将带来的饮料糕饼瓜子拆包,开始吃点心。有年轻男女席地铺一张毛毯,或坐或卧,形容亲密,并不避人。为表示司空见惯,眼睛就不往他们去,只用余光扫一扫,且坐大半个钟点,就收拾起身往园外走。搭乘地铁的队伍排了几个回环,等到上车,再周转,出站来,天已擦黑,商议一起吃饭,桂林米粉,沙县小吃,重庆鸡公煲,最后还是进一家菜馆,点几个炒菜,浓油赤酱的,下饭得很。账单上来,平摊到个人头上,所费就有限。这一日过得十分满足,分手时说好下一个节假日再玩,植物园,东方明珠,世纪公园,等等,等等,由她们自选。月娥与介绍爷爷家的同乡人有一段同路,同乡人很殷勤地要替她拎包,包已经到她手上,月娥停一下,没松手,拉回来,说:不麻烦!同乡人说:我是怕你累!月娥说:你也累。同乡人说:太客气了,你。月娥回答:家乡人,客气什么!同乡人就松开手,有些悻悻然。月娥又不忍了,说:下回再出来!一个转弯,一个直走,等看不见背影,月娥低头检查包里的物件，一样不少，放心下来，一径走回去。

　　月娥将出行描绘得很简略，爷爷的遗憾就好些了。告诉她大妹妹下午来过，没有看见"爹一只娘一只"，那畜类听到脚步声，往床底下一钻，虽然不会说话，肚子里都有数。月娥说：这一点倒像我。爷爷说：谁养的像谁，很快它就会踏电动车了！两个人一只猫坐着看一会儿电视，各自就寝。天气暖和，后弄里杂沓起来，有人家开了窗打麻将，骨牌敲在桌上啪啪的脆响。这些噪音并没有影响屋里的睡眠，梦中有一只羚羊，就一只，往车窗里探头，月娥一转脸，飞奔走了。

6

爷爷生病了,和过敏没有关系。这一日,起床落地,脚站不住了,月娥打电话给爷爷的女儿,女儿再打电话给 120 急救中心,120 的车进不来后弄,在弄口徒劳地鸣叫,下来两个壮大的男人,提着担架。所谓担架就是一床带拎襻的单子,将爷爷裹在里面,两头一提。惶遽中,那畜生没藏好,来人险些踩着它。爷爷的女儿也许没看见,也许看见了顾不上,没说什么,跟着上了救护车。月娥下晚班去医院看望，爷爷已经住进病房，做过许多检查，精神倒不错。月娥收拾起换洗衣裤，问爷爷想吃什么，护士就进来催促关灯睡觉。月娥退出房门，一条走廊如白昼般的大放光明，却反加深了夜色。月娥敛着声息，心里忧愁，愁爷爷不知道害的什么病，也愁自己，预感生活又要起变化。

天气赤热，午后炎日里，电动车轮下的柏油路面，像是泥做的，柔软起伏。骑车人，尤其女性，都戴一种遮阳帽，蓝色塑料的帽舌头，压下来盖住脸，就是面罩。与此配套的还有一双套袖，白色尼龙纱，袖笼很宽，灌了风，飞起来，变成两翼翅膀。从滚烫的气浪走进公寓大楼，森凉扑面而来，汗倒下来了。再次出门，日头弱一点，身上不那么烤，略透气些。但等天全黑下，白日里收进去的热又尽悉释放。这城市的水泥、金属、玻璃、外墙的涂料，专会吸纳温度，到某种条件下再吐出去，竟比当时当地更汹猛。她去到医院，病房已经熄灯，爷爷还未睡着，压低声音说几句话，收拾起换下的衣服和吃空的碗罐，走出去。第二日再带着干净衣服，新烧的饭菜，送去医院。晨曦里的凉意，在医院门前的熙攘杂沓中迅速散尽，换来一种掺杂隔宿体味的混沌的热。衣服后背湿湿了，又在病房的空调中阴干。医院里的市面早，此时方始供早餐，她将饭盒汤罐交到爷爷手上，嘱咐如何加热，遂匆匆离开，去上第一份工。爷爷的脚能下地行走了，可爷爷的女儿却说检测的结果大不妙，需从长计议，这短时间建立起的新秩序也许又面临解体。

爷爷的儿女商量送父亲上养老院，说是商量，其实是大女儿的意思，小儿子一贯不做主的。她说，爷爷看起来是腿疾，根源却在肺里的肿瘤，从此必要全天候的服侍，月娥你，她看向月娥，我知道一个月至少赚七千到八千，我是用不起你的。因说的是实话，月娥便不好反驳，沉默着。爷爷的女儿继续说，这房子虽然小，不过一个亭子间，但地段好，出租至少两千，我倒想你来租，可你是租不动的！这一句又是实话，月娥依然沉默，好的养老院，一个月不下三四千,护理费医疗费还要另算。你知道,她又看月娥,老头子没了公职,吃的是低保,最基础的,所以,就要靠这房子补——月娥就知道要卖房子。"爹一只娘一只"从床底下睁眼睛看,仿佛听得懂,爷爷的女儿甚至也看它一眼,她似乎把它这旧事忘了,或者是,有更严重的事情发生了,其余统忽略不计。屋里两个人和一只猫岑寂着,各有各的心情,又同是一种疑惑,那就是,因为卖房子送爷爷进养老院呢,还是因为送养老院卖房子?是养老院归养老院,卖房子归卖房子,还是两样合一样,同出一理?上海这地方,房子是大大的道理,又是天大的理亏,爷爷的女儿受不了沉默的压迫,一顿足,走了。

爷爷出医院,每到星期天,女儿或儿子就开车带着他去看养老院。爷爷都不满意,总归挑得出缺点,其实是不情愿。他对月娥说:儿女是要卖房子分钱!月娥不好接嘴,只说爷爷住到养老院,她会去看望。爷爷看养老院,她看房子。她的雇主都在这一带，就不能往远处找，凡同乡人合租的住处，都十分逼仄，一个萝卜一个坑，拔出一个空一个，所以也是无功而返。爷爷回家养着，身体精神都健旺起来，比先前还胖了。有两个星期日，儿女没来带去看养老院，事情延宕下来，月娥寻找住处的急切也松缓了。这一年的酷暑在躁急与混乱中过去，秋爽降临，仿佛逃过一劫，人就变得乐观，凡事都往好处着想，爷爷也开心起来。就在这时，事态骤变，爷爷的女儿忽带人看房子来了。接下来，便如刀切白菜，一连串地进行签合同、交定金、房屋过户，养老院的通知也到了。原来，早已经登记排队，现在排到了。火速中，月娥硬在同乡人地方挤出一个床位，还是那个爷爷家的前任，她与她有前世的孽缘似的，摆不脱干系。十天半月光景，这房间就如打劫过似的，搬得半空，墙角里的蜘蛛网露出来，灰絮在地板上打滚，爷爷的脚又不能走了，走时坐一架轮椅，掉着眼泪，也不敢说什么，怕得罪儿女，终究是靠他们的。

早一天，月娥搬走自己的东西，一个箱子，一个蛇皮袋，一卷铺盖，还有"爹一只娘一只"。所谓挤一张床铺，其实就是一条通铺，左右让出一尺，放下一床被褥。好在天气趋凉，不怕挤，因多一人分摊租金，也都不嫌她，还很欢迎"爹一只娘一只"，可对付老鼠。这间房子是自建房，在一条夹弄里，房产商早已经圈下地皮，就等资金到位。四下里都在拆，残墙断壁包围，老鼠就从四面八方跑向这里栖身。"爹一只娘一只"其实不食鼠，但是物种属性决定，鼠类平靖许多，只是猫相有所改变，变得粗野，毛色也不匀了。月娥自己都顾不过来，新换地方，七八个人用一个水龙头，两只煤气灶眼，化粪池是业主私放的管道，马桶就常常堵塞，又或多或少有点欺生，什么都抢不到先，常常来不及梳洗就去上班。人和猫都变得邋遢，想到在爷爷那里的日子，称得上享福。然而，这样的变故并不是第一次，居住的窘迫也算不上之最，几个星期下来，月娥与同住人协调手脚，就像一块砖，砌进墙面。

到底同乡人，论起来，有两个还是一个乡镇。一旦熟络，彼此就照应起来。生活渐渐从容，她和"爹一只娘一只"形貌也比较看得过去了。霜降时分，暴冷天，温度只到零，她们被叠被拥在一起，却是火烫火烫。黑了灯，说些东家的怪癖和秘事，保姆业流传的八卦，和她交情近的那位同乡人擅讲鬼神，听得人瑟瑟抖，又哈哈笑。快活中，月娥方才想起，还没有与爷爷通电话，说好要去看他的呢！

电话里，爷爷听到月娥的声音，又哭了。月娥不由心酸，决定下一个周日把人接出来过一天。她和同乡人说，这一天的午饭，由她出资，其他人帮助采买和烹煮，她要请一个客人。难免要被调笑，问她与老头子有什么计划。她就去扑打说话的人，那人就逃，两个人四双脚踩着被窝追逐，绊倒爬起，旁观者拍手助战，顿时开了锅。闹过了，月娥正色道：爷爷是可怜人，说三道四造孽的！人们安静下来，她却被自己的话触动了。她想，都说上海人有福，她所遇见却多是落魄，或是炒股票赔进家当，或是老和病，或者倒是要让外国人来养，这世界的风水在转呢！

到说好的一天，她邀了有夙孽的同乡人一起去养老院，留下那几个办饭。这养老院远得很，好在新通地铁，否则就没办法去了。总共转了三条线，出站又走十几分钟路程，方才看到挂牌。虽则路远偏僻，院落和楼房却轩朗整齐，阿姨也很亲热，一说名字，就引上楼进房间。她们倒是一惊：爷爷一身西装，雪白的衬衫领口，结一条紫红领带，和出国照片上一样。看见她们，并没有哭，而是带些倨傲的表情，就很有派头。来不及坐，给爷爷套上大衣围巾，戴一顶贝雷帽，推起轮椅，出门去了。一路有人与爷爷打招呼，很羡慕的样子，问回来不回来？又几时回来？爷爷不回答，只微微抬手挥一下，很像领导，她们则是护卫，赫赫然出到街上。天气很好，太阳暖烘烘的，这两个不免要问些衣食饱暖的话，爷爷的问答很简短，矜持得很。两人便交换眼色，意思是爷爷架子很足，也看得出养老院的日子还不错，至少不像先前以为那样叫人害怕。再上地铁，因要走无障碍电梯，转换进出，就比来时费周折。走进她们住处的后弄，日头已到正中，推开门，只见灶间里摆了满满一桌吃喝，围坐着的同乡人不知事先约定还是临时起意，向爷爷鼓掌。爷爷撑不住，红了眼眶。这一餐饭吃到下午三点，爷爷喝了酒，又将昔日的风云说一遍。座上人多从月娥嘴里听说过，但当面讲和背后讲到底不一样。爷爷说完，各人又说些乡下的趣闻。一个印染厂老板，建起一幢别墅，家中雇佣十几个男女用人，其中两个女人，专门用抹布一块块地擦拭道路上鹅卵石；又有一个织机厂老板，为造私家园林，从江西地方移来千年大树，收费站只得拆掉路障，让他通行；第三个老板，有私人飞机，将几百亩山地刨平，做机场和跑道——这就有人不同意，政府有禁伐令，怎么能坏规矩。说故事的人不禁冷笑：人可以定规矩，也可以破规矩，只怕政府还要感谢老板解决就业，一拆一盖不都要用工？爷爷听得瞠目结舌，爷爷那个时代老早成旧皇历，人也是边缘人，不晓得世事翻新到什么程度，只有叹息：上海人，上海人啊！在座就告诉爷爷：现在有一种人，叫作新上海人，很不得了的，那种最老的老洋房，带花园草坪的，都是新上海人买下来。爷爷说：你们都是新上海人！有嘴快的回应：馒头落到酱缸变酒，落到粪缸里生蛆，运势不一样。亦有人正色道：我们是乡下人，终究回家安老的！听这话，爷爷伤感起来：你们回家安老，我老了老了，倒要离家，住集体宿舍。众人纷纷安慰：我们现在就住集体宿舍，早住晚住而已！时间不早，要送爷爷回去，出门时，一条黑白影子忽扑到眼前，定睛一看，原来是"爹一只娘一只"，有些变样，又伤感了：熟透了！意思是见老了。月娥就说：猫本来就寿短，算起来，它的年纪比爷爷大！怕爷爷触景生情，不敢多停留，速速推上路，向地铁站去了。

7

新历年翻过,春节的忙碌就起来了。电视里、广播里,都在报启动春运的消息。车船码头开票预售进入倒计时。同乡人中的一个,东家有办法,在网上替她们买到长途票,动身的日子一天一天逼近了。有慷慨大方的雇主,包红包,买年货,悭吝些的也多少意思意思,送盒糕饼,买双鞋袜。月娥做清洁的公司今年盈利好,福利发到临时工,洗发水、沐浴乳、毛巾、肥皂。体恤她们一年在外,辛苦不易，添些行色，高兴富足地回家。临行前稍稍出了个岔子，最终也化险为夷，平安渡过。那天，月娥去银行，想转钱给儿子卡上，送进去五万的折子，回答说只有二万五，惊出一身冷汗。一同去的同乡人识几个字，仔细看几遍，果然只有二万五。这下子，月娥眼泪就下来了。她清清楚楚记得五万，还是爷爷带她去存的，可是爷爷在养老院，她只有去找爷爷的女儿。赶到女儿家中，正在吃饭，放下筷子就跟她走。爷爷的女儿坐在电动车后座，双手箍着月娥的腰，月娥感动地想：大妹妹人其实不坏，又有热心肠，就是爷爷的事上急了些。一路无阻，到了银行，大妹妹也不取号，直接进去找当班经理。那经理是个小姑娘，被来人的气势吓倒，说话就气短，第一回合月娥这边就占上风。待大妹妹说明来意，指出折子上的存入款记录，又有一个转出记录，请经理解释。小姑娘渐渐缓过神，细一考究，说这转出的二万五是买一种理财产品，于是转向月娥：阿姨，难道你忘记了吗？是你同意签字的。月娥既不懂什么理财产品，也没有签字的印象，再又不敢说自己不识字。小姑娘从电脑里敲出存档，月娥这才晓得已经进入到理财行列。钱是不会少她的，只暂时不可取出，要等三年，本息交付。倘若阿姨你，小姑娘说，现在退，也可以，只是为你可惜，利息没有了。月娥想了想，还是退钱牢靠，至于损失利息，她倒想得开，不是自己的钱总归不是自己的。大妹妹斥责他们银行私自将储户存款投入理财，都可起诉，小姑娘且一口咬定，本人知情。反过来是月娥劝大妹妹罢休，怪只怪她不识字，又听不懂话。

混乱着，就到旧历年尾，一众人收拾好行李，各打三五大包，七八小袋，月娥又格外多出一件，就是"爹一只娘一只"，装进带盖竹篮，随她去乡下。年后不知道有无挪动，那房东早搬去新购的商品房，这一段过来得很勤，话里话外都是走人的意思，无非加价房租，或就真的要拆迁平地。人本来是要造孽的，让个畜类陪着，也是造孽。一大清早，拼坐两辆出租车，往长途车站去。她们已非当年，刚从乡下出来的新人，两手空空，攒下的每一分钱都捏得出油来。过年回家，夜半起身，肩上挑根扁担，硬是从长宁走到南站，去乘火车。乘的是慢车，一走一停，饭盒里盛了冷饭，免费的开水一冲，筷子一淘，囫囵吞下，连个茶叶蛋都不舍得买。老的殡葬，大的娶亲，小的读书，再加上房子，都是这么挤出来的。现在，她们可阔多了，地铁，公交，熟得很；出租车，偶尔也要坐一坐。她们不再搭乘慢车，换作豪华大巴，夏天空调，冬天暖气，一路过去，差不多就到家门口。想不起什么时候，公路像一根鞭子，唰地劈开山崖树林，横在脚底，引得青壮都往外跑，不几年，村落就只余下老的和幼的。

　　下午二三时，大巴进到省际公路，同乡人络绎下车，有的直接进村，有的还需转一程，就有家中小辈候在站上，或开自驾车，或开摩托，把人接走。省道下面有县道，县下面有乡，乡下面还有村，甚至有一家一户独自修出路来。宁绍地方，自古有修桥积德的传统，现在是开路，开路不比造桥，需占田地山林，且是庄户人的衣食。话又说回来，谁还靠山吃山，靠水吃水呢？月娥的村子在最里面，所以这一伙里她是垫底，末一个到家，车厢里空廓许多，沉静下来。离开一年，只觉树木更杂芜，人家更稀少，错落几爿屋顶，几被掩埋。男人五叔立在路边，手里扶一架自行车，身上换了新衣服，胡须剃得溜光，倒不似她以为的落拓，车门打开，先下行李，然后下人，自行车的前架后座，全负满东西，俩公姆一前一后往家里走。

五叔身上收拾得整齐，原是为迎接月娥回家，房子里纵是杂乱，也不好说什么了。总之，一进门，还没喝一口热水，就是归置和打扫，床上还铺着夏季的草席，蚊帐顶上布满昆虫的尸骸，为找新衣服穿，橱柜里翻江倒海，饭桌罩笼底下的剩菜不知多少天之前的，冰箱里黑洞洞，液化气灶眼让溢出来的粥饭糊死了，钢化汽罐倒是抬来一排，米也舂出来一满缸，鸡嗉子鼓鼓的，已经吃不动，地上撒的谷子被爪子踩进泥里，都是等人回家的架势。月娥手不停歇地洗涮擦拭，五叔跟在身后，也是忙。她让拿东，他却拿西，她支他远，他偏在近，即刻要用的再找不到，递到手上的都是无用。燃着的柴火拖到灶口，险些点着屋顶；洗衣机脱落管子，水淹了院子；抓到手的鸡强挣出来，待他去追，后衣襟却被狗咬住。月娥骂五叔笨，五叔就生气，凡事凡物都欺他，欺他孤单一人，无依无靠！忙和乱中，过日子的欢腾回来了，生分的男女也有了话说。天黑下来，电灯亮着，明晃晃的，白日里的肃杀气这时和缓下来。房屋大致妥帖，干净被窝铺上床，柴灶上的米饭喷香，液化气小火煨着鸡汤。月娥这才坐得下来，手里还剥着苋菜梗，填进腌坛子。五叔告诉年里头的安排，大年初一要请三伯四伯吃一餐，初二见亲家，初二呢，就有一件大事情，什么事情？其实她早已经知道，就是儿子的新房子装修完毕，年后搬进去，自然要喜庆一番，所以阖家去上虞城里吃酒。

月娥问，为什么不在家里办？五叔说，儿子定好酒席十二桌。月娥还是问，为什么不在家办？二十四桌也办得出来！五叔说，那也是家，儿子的家。月娥不出声了，眼前出现另一幅办宴宾客的图画，是这十二间楼房落成，请一名大厨，带两名小工，村里女人都来打下手。办的不是十二桌，也不是二十四桌，而是流水，从午间到晚上。油布篷撑起两顶，一顶办厨，一顶布席。木匠一桌，泥匠一桌，瓦匠一桌，儿子的同学老师一桌，亲戚几大桌，乡人几大桌，这都是称得上名目的，其余的就不计其数，鞭炮放了几十里地，回声阵阵，山壁间碰来撞去，久久不能散去。那时候山还没全打开，公路通不到家门前，可消息传得飞也似的，都晓得这里头有好事情，过来贺喜，讨一杯喜酒。月娥抬头打量，四角上的红绫子还没褪颜色，这房子已经空下来。封上坛口，烧一圈蜡，密闭了缝隙。站起身，剥下来的皮扫进簸箕，锅里的饭焦铲下，盛进竹篮，鸡汤熄火，冰箱插上电，打开便亮起灯，向里看看，炒的酱，杀好的鱼，蒸的馒头，从上海带来的一只蛋糕，分生熟冷冻，全归位了，这才关灯上楼。

从上海鸽子笼陡然来到乡下，房子大得无边际，到处都是空。月娥想，到老了还是要回来，什么时候才算老呢？以前她当是五十岁，后来做久了，就当六十岁，眼看过六十，身上还有力气，就又定作七十，就有十年的光景，那时恐怕真的做不动了。楼板新洗过，锃亮锃亮，闻得到木和漆的香味。楼梯转角专留出一扇窗，看得见后山上的竹子。这房子的款全照新式做，从萧山请来的设计师傅，留的窗多，每一扇都是一幅景。如今，这四围的景似乎都在逼过来，山啊，石啊，树啊，草啊，房子再大，也挡不住它们，眼看就要壅塞，合拢，密闭。

进门上床，感觉到被褥的凉潮，是从地底下生出，穿过地板，再穿过楼板，升上来。她向身边人移了移，借些热力，脑子里有许多事情要想，可这一日，实在太过疲乏，撑不住。滑下去，伸直腿，忽觉被上有什么软软的压着,原来是"爹一只娘一只"。它倒会找地方,仿佛不是初到,熟门熟路的。心里一安,踏实下来,即刻入睡了。

文学创作的开始

20 世纪 80 年代，我到中国作家协会举办的第五届文学讲习所学习，参加学习的学员都是已经非常著名的作家，包括张抗抗、贾平凹等。当时贾平凹已是成熟的作家，就没有来，名额给了另一个也是写作经验成熟的作家，他也没来，于是文学讲习所多了一个名额。宿舍是四人一间房，但只有三名女生，所以这个名额就指定是女生。讲习所最后决定把这个名额优惠给上海，因上海这个大城市只有一名学员，就是竹林，当时已经写了长篇《生活的路》，影响很大。这个名额落到上海少年儿童出版社，说明当时年轻作者都是儿童文学出身。出版社推荐了三个女孩子，我是其中之一。文学讲习所特别强调是给写作者提供文学补习，所以不建议高校学生参加讲习所，这是一个补救的方法，给没有机会受教育的青年补一课。上海推荐的那两个女孩子其时都在读大学，所以这名额就给了我。我只写了《谁是未来的中队长》，还有几篇谁都没看过的散文，可是机会落到我头上，至今想起来还是觉得幸运。尤其是后来又多出一个名额，就近落在北京，来的是一名女生，我们又搬进一间五人宿舍。老师们都说悬得很，要是她比我先到，就没有我的事了。

我在文学讲习所学习期间，发表了我的第一篇成人小说，名叫《雨，沙沙沙》。《雨，沙沙沙》以现在的文学归类概念，可算是青春小说，故事讲述一个名叫雯雯的女孩子，经历了插队落户回到城市，和我经历非常接近。她面临爱情问题,选择怎样的爱人和生活,这是很普遍的青春问题。她向往爱情和未来,不知道要什么,只知道不要什么。然后,在一个雨天遭遇一个偶然的邂逅,于是模糊的向往呈现出轮廓,就是"雨,沙沙沙"。开始的时候,人们很容易觉得我是因为母亲的关系才得到学习的名额——我母亲是60年代崛起的作家,她的名字叫茹志鹃,代表作《百合花》几十年都收在中学语文课本——所以对我别有看法。《雨,沙沙沙》这篇小说出来,大家都感到耳目一新。80年代的时候,写作还延续着长期形成的一种公式,题材和母题,都是在公认的价值体系中。以此观念看,《雨,沙沙沙》就显得暧昧了,这个女孩的问题似乎游离于整个社会思潮之外,非常有个人性,所以大家都觉得新奇。那个时代社会刚从封闭中走出来。现在许多理所当然的常识,当时却要经过怀疑、思考、理论和实践才能得到,叫作"突破禁区"。今天的常识,就是那些年突破一个又一个禁区得到的。当时有个同学说

《雨，沙沙沙》像日本的私小说。我们那时候根本不懂得什么是私小说，后来才知道是类型小说的一种，写个人私密生活。我非常欢迎同学给我的小说这么命名，对当时以公共思想为主题的意识形态来说，"私"这个字的出现，是带有革命性的。

《雨，沙沙沙》是我走上写作道路的标志，主角雯雯就像是我的化身，一个怀着青春困惑的女性，面临各种各样的生活难题和挑战。她对社会没有太大的承担，对时代也不发一言，她只面向内在的自我。这小说刚出来时引起大家的关注，因为那时的小说潮流是以《乔厂长上任记》《在小河那边》为主体，承担着历史现实批判、未来中国想象的任务，有着宏大的叙事风气。我这个带有私小说色彩的小人物出现，一方面大家觉得她很可爱，另一方面又觉得她和中国主流文化、话语系统不一样，也有点生疑。总之，引起了关注。就这样，我虚构的这一个在文学主流之外的女孩子"雯雯"，忽然受到众多评论家的注意。有一个著名的评论家叫曾镇南，当时谁能够得到他的评论都是不得了的。他写了一篇评论，并发表在重要的评论杂志《读书》上，题目叫《秀出于林》。后来又有上海的年轻评论者程德培，写了第二篇，这篇评论文章的题目直接就叫《雯雯的情绪天地》。我觉得他这篇文章的命名有两点很重要，一个是"雯雯"这个人物，一个是"情绪"两个字，意味着一种内向型的写作。事情的开端很引人注目，可是接下去就不好办了，因为我的生活经验很简单，不够用于我这样积极大量的写作。外部的经验比较单薄，我就走向内部，就是评论家程德培所说的"雯雯的情绪天地"，我就写情绪，可没有经验的支持，内部生活也会变得贫乏。

  我的生活经验在我们那一代人之中是最浅最平凡的。像莫言，他经历过剧烈的人生跌宕起伏，从乡村到军队再到城市，生活面很广。而我基本上是并行线的：没有完整的校园生活；有短暂的农村插队落户经历，作为知青，又难以真正认识农村；在一个地区级歌舞团，总共六年，未及积累起人生经验又回到上海城市；再到《儿童时代》做编辑，编辑的工作多少有些悬浮于实体性的生活；再接着写作，就只能够消费经验，而不能收获。有时候我听同辈那些作家，尤其来自农村的，他们讲自己的故事时，我都羡慕得不得了，怎么会那么有色彩，那么传奇，那么有故事？城市的生活是很没有色彩的，空间和时间都是间离的。我虽然有过两年的农村生活，可是因为苦闷和怨愤，农村的生活在我看来是非常灰暗的，毫无意趣可言。回想起来，其实我是糟蹋了自己的经验。

记得我在农村时，母亲写信给我，说我应该写日记，好好注意周围的人和事，可以使生活变得有乐趣，可我只顾沉浸在自己的情绪里，都没有心思去理会其他。这是一个大损失，我忽略了生活，仅只这一点可怜的社会经验，也被屏蔽了，这时候，便发现写作材料严重匮乏。等到把雯雯的故事写完，我好像把自己的小情小绪都掏尽了，就面临着不知道写什么好的感觉,可写作的欲望已经被鼓舞起来,特别强烈,写什么呢?就试图写一些离自己人生有距离的故事。

写作与个人经历的距离

开始写与自己人生经历有点距离的故事,我的文学创作似乎又继续顺利地滑行,取得了一些奖项、好评和注意。其中有获得全国奖的短篇小说《本次列车终点》。《本次列车终点》讲述青年陈信终于完成夙愿,从乡下回到上海建立新生活,却发现上海并非想象中那么完美,在上海生活并不容易。他努力争取回到一直想念的上海,以为可以将断裂的生活接续上来,可是那个断裂处横亘在他的人生里,使他失去归宿感。表面上看,这好像是一个和我有距离的故事,因为我写的是一个男性,他的生活状态和我也不太一样,但回头再看,这故事还是有我的个人经验。我离开八年再回到上海,以为一切皆好,事实上却感到失落。你以为你还能在这城市找回原来失去的东西,但时间流走了,失去的依然失去,你再也找不到,就像刻舟求剑,你再也找不到你的剑了。就是这么一个心情,还是和我个人有关系。当时我确实在努力寻找一些和我有距离的故事,企图扩大自己的题材面,但从某个角度来说,我还是在自己的经验范围里。小说里的男主角"陈信"不是我,又是我,他一定是和我靠得最近的人,如果我不理解他,不同情他,那为什么要去写他呢?同时,他又和我存在着距离,这距离可让我看得清楚。举个也许不恰当的例子:中国著名京剧大师、男旦梅兰芳,他是一个男性,身在其外,懂得女性要怎样才有吸引力,所以演得比女人还像女人。可能有时候作者必须与小说里的人物保持一些距离,如果没有距离，就看不清楚他，或者会过于同情和沉醉，那就变成一种自赏自恋。所以说作者与小说人物的关系是非常复杂的，一方面你要和他痛痒相关，另一方面又要对他有清醒的认识。

当我写《本次列车终点》的时候，题材上已经落后了。我写的是知青生活，可是从时间上来说，我已经错过了知青文学这班车，知青文学浪潮已经过去。80年代真是不得了，时间急骤地进行，先是伤痕文学，然后是知青文学、"右派"文学，然后又是反思文学，波涛迭起，后浪推前浪。知青文学早已经遥遥领先，壮烈激情，感天动地。时间上说，已经是在尾声。内容上，且不在批判的大趋势里，而是好像有点反动，写一个知青终于回到城市，面对新生活的困顿，怀念起旧生活，而这恰巧是知青文学所控诉的对象，于是又不能纳入知青文学思潮的主流。所以评论者给我定位时也感觉蛮犹豫的，他们把我定到知青文学里，因为我是知青的身份，但最安全是把我定在女性作者，这是肯定不会有误的。

另一篇得到全国奖的是中篇小说《流逝》。《流逝》写的不是我个人的经验，是我邻居家的故事。从这点来说，就和我也有关系。故事写一个资产者家庭的女性，在"文革"时经历了非常艰苦的生活，由昔日的少奶奶变成持家的主妇。"文革"结束，拨乱反正，财产失而复得，家庭秩序恢复常态，但她在艰困生活中的主动性和价值感却消失殆尽，又回到传统中的附属地位。这故事虽不是我个人的经验，但也包含了我的一些心情：我们都经历了艰苦的岁月，如果那些岁月不给你留下一点遗产的话，你的人生不是白费了吗？写这小说时，我以为那是我经验以外的故事，等到成熟以后回过头看，故事的情绪还是和自己的经验有点关系。

如果你们将来要写小说，要注意一个事实，新人一定会得到好多好评的，大部分人对新人是很宽容的，会对你说很多好听的话。但当过了新人阶段后，你会得到不同的评价，这段时间一定要冷静。

我的作品得到更多人注意后，对我的批评也开始多起来，这些批评可能更客观，标准也更高。无论你能接受还是不能接受，它都是在帮助你，帮助你形成你的认识论和方法论。批评说我好的地方是从主观世界走进了客观世界，说不好的也是这个，认为我放弃了自我。当时确实也很苦恼，你真的不晓得应该怎么做才好，但可以写作的欲望是这样强烈，无论多么茫然，还是要写下去。

选自《小说六讲》，上海人民出版社 2017 年版